El faedor de mentides

Maria Carme Roca

BARCANOVA
EDITORIAL

El paper utilitzat en aquesta edició compleix els requisits mediambientals FSC, que garanteixen un circuit sostenible en tota la cadena de producció.

Equip editorial:

Sara Moyano (Projectes)
Albert Lázaro (Edició)

Disseny i fotografia de la coberta: David Perelló

Mallorca, 45, 4a planta
08029 Barcelona
Telèfon 932 172 054. Fax 932 373 469
barcanova@barcanova.cat
www.barcanova.cat

Setena edició: febrer de 2012
ISBN: 978-84-489-1910-8
Dipòsit legal: B-5234-2012

Printed in Spain
Imprès a Romanyà Valls, S.A.
Plaça Verdaguer, 1
08786 Capellades

A Joaquim Carbó, que va creure
en El faedor de mentides.

Índex

1

El Príncep de les Maresmes

Ningú no em creia quan els deia que jo, Alexandre, era el Príncep de les Maresmes, fill del rei Albatros i de la reina Fortuna.

Ningú. Ho podia llegir a les seves cares on també hi endevinava el disgust. Ells, els enemics, intentaven saber de mi, em feien preguntes i jo... Bé, jo responia el que sabia o el que creia saber, perquè necessitava que ajudessin el pare.

El rei, el meu pare, estava molt malalt, i per això el vaig dur a un centre hospitalari perquè el curessin. Però ells s'entossudien a fer-me tota mena de preguntes, com si això pogués servir d'alguna cosa.

—Si us plau, és important —m'asseguraven.

I jo intentava explicar tot el que sabia sobre la meva identitat, el que el pare m'havia ensenyat que digués. Els vaig dir que feia gairebé cent quaranta-tres llunes que vaig néixer durant la nit d'una tardor molt plujosa. Els vaig dir també que ho vaig fer bressolat pel vent de llevant, sota l'aixopluc d'un palau de canyars i sorra.

Em van escoltar amb atenció. Sí, de debò que ho van fer.

Els vaig explicar que no vaig conèixer la meva mare, la reina Fortuna, ja que va morir quan jo era molt petit, i que havia viscut sempre amb el pare, el rei.

En pronunciar aquesta paraula, altre cop va aparèixer el disgust als seus rostres. Es miraven entre ells i jo ja començava a estar tip que no em fessin cas. Però és clar, ells eren els enemics i no tenien per què fer-me'n.

Eren tres, un home i dues dones, vestits amb bates blanques, molt netes i polides.

Per què em preguntaven tantes coses, si després no els agradava el que els responia?

D'altra banda, ells no m'explicaven a mi l'única cosa que m'interessava saber, o no m'ho explicaven com jo hauria volgut.

—I el meu pare? —insistia.

—El teu pare… estem fent tot el possible, però està molt greu. Cal esperar com reaccionarà. De moment està en vigilància intensiva. Se li ha complicat una pneumònia i ha perdut el coneixement, no torna en si.

Temps després em vaig assabentar que el pare també havia tingut una hemorràgia cerebral. Imagino que si llavors no m'ho van dir, va ser per no espantar-me més del que ja ho estava.

«Doctora Blanc, doctora Blanc, presenti's a quiròfan», va ressonar una veu demanant la presència d'algú.

Una de les dones de bata blanca comentà als altres que se n'havia d'anar. Llavors, només en van quedar dos. L'home es va acomodar al sofà i es disposà —semblava— a parlar altre cop.

—A veure noi, si en traiem l'entrellat... Et dius Alexandre i tens... pel que has dit de les llunes, uns onze anys... Ens has dit també que no teniu més família... Ja sé que t'incomoda que et fem preguntes, però a banda de cuidar el teu pare, que pots estar ben segur que ho estem fent, necessitem saber qui ets, qui sou, per poder obrar en conseqüència.

«Per poder obrar en conseqüència...», què volia dir, allò?

Vaig respirar fondo, per agafar forces, i em vaig disposar a repetir-ho una altra vegada:

—Ja ho he dit: ell és el rei Albatros i jo, el seu fill, el Príncep de les Maresmes.

—D'acord, d'acord, però per poder-te ajudar, cal saber els vostres cognoms, on viviu, de què treballa el teu pare... Encara ets petit i t'has de quedar amb algú...

Això era el que el preocupava: què fer amb mi. I no calia que fes res, jo només volia quedar-me al seu costat fins que es posés bo.

L'home es va posar nerviós una vegada més. De debò, de veritat que jo no el volia fer enfadar, perquè si s'enfadava potser no ajudaria el meu pare.

—Vivim a les maresmes —li vaig dir.

—Bé, dedueixo que a la zona del Maresme, aquí, a la província de Barcelona, però... a on, concretament? —em va preguntar una mica més calmat.

—Al costat del mar, entre els canyars.

—A quin poble? A quina casa?

—A tot arreu, per això sóc el Príncep de les Maresmes...

L'home de la bata blanca va abaixar el cap i el va recolzar sobre una mà alhora que s'acaronava la barbeta. No sabia què fer amb mi, prou que ho veia, però d'altra banda no es cansava de fer preguntes.

—Ja... i... de què treballa, el teu pare?

—És rei...

Com que semblava que amb això no en tenien prou, vaig continuar:

—...i és metge, matemàtic, filòsof, escriptor, astròleg i mag...

Tampoc no em van creure. Els enemics es creuaven mirades i veia créixer el desconcert als seus ulls. El pare també em va ensenyar a llegir als ulls.

—Ens està prenent el pèl —va comentar la dona. Ho va dir molt baixet, però jo la vaig sentir.

L'enemic, empipat, es va aixecar de la cadira i em va dir que ja ens veuríem, que s'havia d'ocupar dels seus pacients —no entenia gaire què volia dir—, que l'esperaven. Al cap d'un moment, la dona també es va aixecar i em va dir que tornava tot seguit. De segur que volien parlar de mi.

Puc afirmar que els tenia desconcertats i no era pas aquesta la meva intenció. No sabien on classificar-me en el seu món on tot semblava tenir un lloc, un destí, un moment. Ja m'ho havia avisat el pare, que ho feien, això, els enemics.

No havia d'haver fet cas a en Vador quan em va dir que el meu pare estava molt malalt i que era urgent traslladar-lo a un centre hospitalari. Però em vaig deixar portar per la confiança que tinc a en Vador, un veí amic nostre, un gran mariner que ha navegat arreu del món.

«Què és un centre hospitalari?», li vaig preguntar.

«Un lloc on podran guarir el teu pare.»

En aquell moment me'l vaig creure, estava convençut que ho farien. El pare era el rei.

El que em va decidir va ser que el pare ja feia massa dies que estava malalt, no tenia esma per aixecar-se i havia perdut les forces i la gana. I sobretot, perquè vaig tenir por en veure que ell, que era metge, no sabia com posar-se bo. I sempre ho havia fet, amb ell i amb mi, això de posar-nos bons.

En Vador, per portar-lo, se'l va carregar damunt les espatlles; és un home molt fort.

I ja llavors vaig notar com el vell mariner em mirava amb una barreja d'incertesa i de llàstima. Però jo, en aquell moment, pensava que era per l'estat del meu pare. D'altra banda, en Vador, tot just quan va veure com unes persones s'encarregaven del pare, se'n va anar. Jo ja l'entenia prou, ja. En Vador era un dels pirates més buscats i no volia cridar l'atenció.

Al cap d'una estona va tornar a entrar la dona de la bata blanca i em va oferir un got de llet i unes pastes rodones.

—Et vénen de gust unes magdalenes? Deus tenir gana... —em va dir molt amable. Semblava que ja no estava enfadada.

—Gràcies...

La veritat era que sí que en tenia, de gana. Molta.

Mentre menjava, la dona es va asseure davant meu. Suposo que esperava que li digués alguna cosa. Però com que jo no deia res, només menjava, ella es va posar a parlar.

—Em dic Nela, sóc infermera d'aquesta planta, ara tinc una estona tranquil·la, però ja veuràs com d'aquí a un moment el més fàcil és que em cridin per l'altaveu...

Es volia fer amiga meva, es veia d'una hora lluny... Em va agradar, però, que em donés aquelles magdalenes.

—Escolta... deus tenir família... amics...

—No, la meva família és el meu pare.

—Tots tenim família... avis, oncles...

—Jo no sóc com tots, jo sóc un príncep.

No em va dir res, però vaig notar que s'havia enfadat encara que intentava amagar l'enuig. D'altra banda, em sentia molt aixafat. Amb tanta pregunta i xerrameca gairebé s'havia fet de nit. Els enemics també ho semblaven, de cansats.

Jo no els volia dir res d'en Vador, l'única persona de confiança que jo coneixia. No els volia dir res perquè tenia la sensació que el ficaria en problemes, ell era un pirata. Tanmateix, tot i que era conscient que m'apreciava, no li hauria fet cap gràcia que m'haguessin portat al seu costat; un pirata no es pot fer càrrec d'un nen.

De totes maneres, no veia la necessitat d'estar amb ningú. El pare m'havia ensenyat a estar sol, a espavilar-me. Prou que m'hi quedava quan ell havia d'atendre els seus assumptes reials.

Altra vegada va entrar més gent amb bates blanques. Parlaven entre ells, com si jo no hi fos. Deien no sé què que havia d'anar a un centre d'acolliment i que m'havien de fer unes proves per veure què em passava.

Que... què em passava?

A mi no em passava res, era el pare qui tenia problemes.

Jo ja sabia de què anava això, el pare m'ho havia advertit, que quan un volia ser diferent, a vegades et prenien per boig.

Tot d'una, el que semblava que manava més em va dir que aquella nit em quedaria allà, que aquell era un cas molt irregular i que encara no havien tingut temps d'arreglar la meva situació. Jo no veia què hi havia d'irregular, ni què havien d'arreglar.

Em van acompanyar a una petita habitació tancada que era al costat d'una sala més àmplia. La Nela, la que m'havia donat les magdalenes, em va dir que era la sala d'infermeres. Llavors em va donar un pijama que, pel que vaig veure a primer cop d'ull, segur que m'anava gran.

—Si necessites alguna cosa, ens pots trobar aquí. Avui em toca torn de nit.

Se'm va fer estrany d'estar damunt un llit amb uns llençols tan blancs i tan nets. Jo gairebé sempre dormia sense llençols, i quan feia fred ho feia dins un sac de dormir.

Des del llit, podia sentir com parlaven a la sala del costat, la de les infermeres, i vaig sentir curiositat per saber què deien. Em vaig aixecar i vaig parar l'orella a la porta.

—Sembla mentida que vagi tan net, i això que és un rodamón… dorm a la platja, entre canyes —comentava la Nela, de qui vaig reconèixer la veu.

—És un nen molt estrany, a mi em sembla que no va gaire rodó, diu que és un príncep… —va dir una altra.

No em creien. Gens ni mica. Després d'explicar-ho tantes vegades, continuaven sense creure's que jo era el Príncep de les Maresmes.

El que vaig tenir clar llavors era que jo era diferent. No en sabia encara el motiu, però era així. I també vaig tenir clar que havia arribat a la fi del meu regnat abans que aquest hagués començat.

2

El follet entremaliat

L'endemà, a mig matí, em va venir a buscar una senyora que m'havia de portar a un centre d'acollida. Una assistenta social, em va dir que era. No acabava d'entendre què volia dir allò i no entenia tampoc per què s'entossudien a buscar-me un lloc, una casa. Em podia haver quedat a l'hospital esperant el meu pare, de veritat que jo no els hauria molestat gens. Però ells deien que no era un lloc per a nens.

Hi vam anar en cotxe, al centre aquell dels nassos. Això em va agradar, tot s'ha de dir, perquè havia tingut molt poques oportunitats d'anar-hi, en cotxe. Amb el pare, si agafàvem algun mitjà de transport, era el tren.

Aquella, la senyora vull dir, era diferent dels altres. En lloc de fer-me preguntes i voler saber coses, no parava de xerrar. Quan va fer una petita pausa i ja dúiem una bona estona de trajecte, li vaig demanar:

—On som?

—Pels voltants de Nou Barris... Anirà bé, seràs a prop de l'hospital de la Vall d'Hebron on traslladaran el teu pare.

—El traslladaran?

Allò em va deixar preocupat.

—Sí, el de la Vall d'Hebron és un hospital molt complet. El teu pare hi estarà bé. Tu... d'on ets? De Mataró, oi?

—No, jo sóc de les maresmes. Sóc el Príncep de les Maresmes.

Una altra que no em va creure. Hauríeu d'haver vist la cara que va posar. Em va mirar de reüll, en silenci, i es va quedar així fins que vam arribar al centre.

No havia tingut gaire temps per imaginar-me com seria, perquè tot havia passat molt de pressa, però si en algun moment em va passar pel cap, no tenia res a veure amb la imatge que jo me n'havia fet.

Tot i que només era un primer pis, vam pujar en ascensor. Això també em va agradar; llàstima que va ser molt curt. Només hi havia anat una vegada, quan el pare i jo vam anar a uns grans magatzems. Recordo com el pare m'explicava que la majoria de persones que eren allà compraven coses que no els feien cap falta. A mi, el que em va agradar va ser allò de l'ascensor i pujar i baixar per les escales mecàniques.

En arribar, ens va obrir la porta una senyora d'edat semblant a la del pare, que tot seguit se'm va atansar.

—Hola, tu deus ser l'Alexandre. El meu nom és Sole —em va dir mentre m'allargava la mà forta i segura, que feia olor de sabó.

—Hola —li vaig dir entre dents. La veritat era que no sabia com l'havia de saludar. De fet, no sabia què hi anava a fer, allà.

—Adéu, Alexandre, que vagi tot bé —va acomiadar-se la senyora xerraire. Em vaig sentir alleujat. No m'havia fet res dolent, al contrari, però no m'agradava. I em sembla que jo a ella tampoc.

Amb la Sole en canvi, em vaig sentir a gust des del primer moment. És curiós que passin aquestes coses. Em va conduir per un passadís estret i jo anava esperant veure llum, la llum del sol. Era migdia i hi havia d'haver llum. Oh! Com enyorava les meves maresmes! Però el sol no va aparèixer, suposo que perquè, com vaig tenir oportunitat de veure una mica més tard, era un pis petit, amb poques finestres i que donava a un pati interior també molt fosc.

—Bé, benvingut. Aquesta serà la teva llar fins que el teu pare es recuperi.

No sabia si estar content o trist. Era una situació que no controlava. D'altra banda, mentre el pare estigués així, potser era millor estar en una casa amb una senyora amable.

—Va bé que hagis vingut en dissabte. Com que no hi ha escola, ens trobes a tots a casa.

Al cap d'un moment, uns quants ulls de diversos colors em van repassar de dalt a baix. Se'ls feia estrany com anava vestit, suposo, i això que en Vador, quan vam anar amb el pare a l'hospital, em va dir que em posés les vambes. No m'agradava anar calçat. Només em cobria els peus a l'hivern, quan feia fred i quan amb el pare anàvem lluny del palau, fora de les maresmes.

Amb tota aquella pila de cares mirant-me, el temps se'm va fer llarguíssim. Jo també me'ls mirava de fit a fit. Això m'ho va ensenyar a fer el pare. Ell em va ensenyar el poder de la mirada. De primer els havia de demostrar que jo també estava en guàrdia. A més, jo era el Príncep de les Maresmes!

—Aquí teniu l'Alexandre —em va presentar la Sole.

Em va cridar de seguida l'atenció un xicot pèl-roig que tenia la cara de follet entremaliat amb unes orelles enlairades i el nas arromangat. Devia tenir si fa no fa la meva edat, i des d'aquell primer moment ja vaig saber que ens les tindríem.

—Aquest és en Kilian. De segur que us avindreu, ell també té onze anys.

L'edat no és cap garantia de bona convivència. M'hauria agradat dir-li això, a la Sole, dir-li que no, que no ens avindríem i que valia més deixar les coses ben clares des del primer moment, que seria millor ignorar-nos. Però no vaig poder decidir.

—Aquesta noia és la Mar, té tretze anys. I aquestes són les petites de la casa: la Judit, que té cinc anys, i l'Ona, que en deu tenir una mica més d'un. L'Ona tot just va arribar ahir a la tarda.

La Sole ens va animar a saludar-nos més efusivament.

—Au va! Tan xerraires que sou! Què pensarà l'Alexandre? —va dir animada la Sole.

—Hola, Alexandre —em va saludar tímidament la Mar.

Al cap d'uns dies, quan ja ens coneixíem una mica, la Mar em va dir que li sabia greu haver-se quedat així, aturada, la primera vegada que em va veure, però es veu que quan la Sole els va dir que tindrien nova companyia, ella s'esperava que fos una noia.

De seguida em vaig adonar que ens entendríem, amb la Mar. N'estava segur. Era una de les coses que havia après del pare: saber ben aviat si m'avindria amb una persona. No hi ha cap secret, però potser és la manera de mirar, de somriure... La Mar tenia uns cabells molt negres que contrastaven amb una pell molt blanca i uns ulls blaus ametllats, intensos, que em van recordar els d'un gat, un gat xamós i tendre.

—Kilian, acompanya l'Alexandre a l'habitació —va manar la Sole, i jo, mentre el seguia, em vaig dedicar a observar-lo. També semblava un gat, aquell xicot, un d'aquells tigrats de color carabassa pel seu color de cabell entre ros i pèl-roig. Però si la Mar era una gata dolça, en Kilian era un felí salvatge, covard i poruc alhora, sempre a la defensiva.

En Kilian em va acompanyar a la que seria la meva habitació, millor dit, la nostra, perquè l'hauríem de compartir.

—Menjaràs bé, aquí... —em va dir en un intent d'encetar una conversa mentre esperava que desés les coses. Ben aviat ho vaig tenir enllestit, perquè no portava gairebé res, el que em va recomanar que agafés en Vador. Potser ell ja ho sabia, que em faria falta.

—El problema és que no ens deixen veure tota la tele que voldríem —va continuar.

—Jo no la veig mai.

En pronunciar aquelles paraules, em va mirar de dalt a baix.

—Ets d'un altre planeta, o què, tu?

—No, però només l'he vist quan he anat a casa d'algú, en algun bar o llocs així.

—De veritat, que no tens tele? Tothom en té, de tele...

—Doncs jo no.

Els ulls d'en Kilian reflectien molta curiositat i, abans que em metrallés a preguntes, li vaig aclarir, així de cop:

—Tampoc no sé jugar amb cap videoconsola ni amb un ordinador ni amb res d'això... No en tinc, ni em fa falta.

—Què dius?

—A mi no em cal, jo sóc el Príncep de les Maresmes.

Hauríeu d'haver vist la seva cara, ara més de follet que mai. D'una banda hi podia veure llàstima, en la seva expressió, de segur que ell no veia possible viure sense aquells aparells i, de l'altra, em prenia per boig.

—Jugues a futbol? —va dir canviant de tema.

Davant la meva resposta negativa, el noi em va anar dient un munt d'activitats que jo tampoc compartia.

M'hauria agradat dir-li que sí d'alguna... No, no m'hauria agradat. De fet, trobava cert gust a provocar-lo. Si havíem d'estar junts era millor que em conegués des del principi. D'aquesta manera s'atiparien de mi i potser es donarien pressa per guarir el pare i jo podria tornar amb ell.

En Kilian va sortir de l'habitació esperitat mentre anava remugant pel passadís:

—Quin plasta! Està pirat! Diu que és el Príncep de no sé què...

Ho teníem pelut. En Kilian no veia clar com es podria avenir amb un noi que no feia res del que a ell li agradava. Vaig treure el cap per la porta i vaig sentir com a l'habitació del costat, la de la Mar, deia en veu baixa a la noia que jo era un tio raríssim. Ben aviat es va fer la seva història: li deia que jo era una mena de troglodita que vivia en una cova amb el meu pare i que m'havien tret d'allà quan ell es va posar molt malalt, i que per culpa d'haver estat tant temps fora de la civilització era com un extraterrestre. La Mar li va dir que potser sí, i que quin pal que els haguessin enviat un element tan estrany.

Les paraules de la Mar em van afectar. No m'importava gens el que pensés en Kilian, al contrari, em divertia, però no volia que la noia tingués una opinió de mi diferent de la que jo mereixia.

Quan vam seure a taula, a l'hora de dinar, a aquelles altures, en Kilian ja devia haver informat a la resta de les meves estranyes activitats. Em divertia ser el centre d'atenció i em venien ganes de fer bestieses, ganyotes i sorolls estrafolaris. Quan s'acostava la Sole, però, callaven. Ella els hauria renyat. No calia que s'amoïnés, a mi ja m'estava bé, no tenia gens de ganes de fer amistat amb ells.

Les petites, en canvi, em miraven amb simpatia. La Judit, la més decidida, em va etzibar:

—Tu ets un príncep?

Vaig assentir amb el cap, molt digne.

—Un príncep de veritat?

—És clar...

No sé si s'ho va acabar de creure del tot, però em va mirar com si fos quelcom especial. Em vaig sentir important, ho he de confessar, encara que fos una nena petita qui ho digués.

Entre tots vam ajudar la Sole a recollir els plats i endreçar la cuina. En Kilian va fer tot el possible perquè jo fes alguna destrossa. M'empentava perquè em caiguessin els plats o feia porqueries amb l'aigua. Imagino que buscava que la Sole em renyés. En això però, ben aviat vaig trobar l'ajut de la Mar, que li va dir que em deixés en pau, que jo no els molestava. En aquell gest vaig entendre, no sé per què, que estava de la meva banda.

Acabada la feina, la Sole va dir que podíem veure la tele, i en Kilian em va procurar un bon lloc tot dient que la meva estrena en això de veure la tele en una casa havia de ser especial.

El meu comportament normal el va fer enfadar, estava molt clar que ell tenia ganes de continuar la gresca. Per això mateix em va preguntar:

—A quin cole vas?

I jo, expressament, li vaig dir que no hi havia anat mai, a escola. D'altra banda, era veritat.

Em miraven fixament.

—Que no has anat mai a cap cole? —va preguntar molt estranyada la Mar.

—No, no m'ha fet falta. El meu pare m'ensenya tot el que cal.

—Apa! Un troglodita fent de mestre!

—El meu pare no és cap troglodita, el meu pare és un rei.

—Oh! Perdoni, sa majestat. Ha!, ha!, ha!

Com ja us he dit, tot i que primer em divertia ser el centre d'atenció, em va començar a empipar que estiguessin tan pendents de mi i que els causés tanta sorpresa tot el que feia.

La Mar li va dir en veu baixa que em deixés, que no anava rodó. En Kilian li va contestar que potser sí que estava boig, i que estava en perill perquè era el meu company d'habitació.

El dia se'm feia molt llarg i no acabava d'arribar l'hora d'anar a dormir. Quan vam acabar de sopar i de recollir la taula, vaig dir a la Sole que me'n volia anar al llit. Em va dir que sí, que m'aniria molt bé descansar.

Tenia ganes d'estar sol. Imagino que la Sole així ho va entendre i s'ho va manegar perquè en Kilian em deixés tranquil. Però jo no podia agafar el son: també tenia ganes d'estar amb ells. Mai no havia estat envoltat de tanta gent i, no ho sé, em feia una sensació d'estranya comoditat, d'escalfor.

Vaig afinar l'orella i vaig sentir retalls de la conversa que mantenien. La Sole els parlava de mi. Els deia que era diferent dels altres nens. Diferent? Per què? Que era fill d'un rodamón. Altra cop aquesta paraula. Què s'havien cregut? Jo era el Príncep de les Maresmes i el meu pare el rei Albatros! Els va dir també que havien de tenir paciència, que no podien comparar la meva vida amb la seva, que no m'atabalessin. Damunt la tauleta de nit, vaig deixar la foto on sortíem el pare i jo, al parc d'atraccions del Tibidabo; ja feia tres anys que hi havíem anat. Estàvem enfilats damunt d'una muntanya russa. Em va fer tanta gràcia veure'm dins d'una foto —no en teníem, nosaltres, de fotos— que el pare la va comprar. Tenia por que ja no el tornaria a veure així, rient, passant-s'ho bé.

En Kilian va entrar a l'habitació. Devia esperar que estigués adormit per entrar-hi, així no hauria de parlar amb mi. Vaig deixar que pensés que estava adormit, jo tampoc no tenia ganes de parlar amb ell. Ja tindríem temps.

De matinada, em van despertar uns crits. En Kilian també els va sentir.

—No passa res, és la Mar. Hauràs d'acostumar-t'hi, perquè cada nit hi ha la mateixa cançó —em va explicar com si fos la cosa més natural del món.

Sentia com la Sole la consolava i vaig recordar un malson que vaig tenir una vegada. Em va agradar que el pare fos allà per consolar-me. Era un somni horrible: la terra m'engolia i jo m'anava enfonsant i per més que intentava sortir la terra se m'empassava ben endins. El pare em va dir que havia menjat massa patates fregides i que per això, com que em feia mal la panxa, el meu cos es defensava somiant. Vaig pensar que la Mar es defensava del seu malson plorant.

En Kilian, però, em va acabar de despertar del tot.

—Ei, tu, vols fumar?

—No, no fumo...

—Bah! Ets un cagat! D'això... el teu pare fumava?

—No, el meu pare és metge i diu que el tabac provoca malalties.

—Ha! Doncs ja em diràs de què li ha servit! La Sole diu que té pneumònia... Això és cosa dels pulmons, no? Bah! Te'n pots anar a l'altre barri per qualsevol cosa. Només mana la sort.

Potser sí que només manava la sort. Aleshores vaig pensar en la meva mare, la reina Fortuna.

3

La reina Fortuna

«La reina Fortuna era rossa, de cabells llargs i molt llisos que emmarcaven un rostre ben cisellat enllumenat per uns ulls verds, un verd d'aigua de mar. Alta i prima, al seu pas anava deixant petjades d'alegria perquè el seu cor sempre somreia.

»El pare em va explicar que va desaparèixer quan la van demanar al seu regne, a les terres del nord, d'on provenia, allà on el dia es confon amb la nit. El seu pare havia emmalaltit i el seu germà havia anat a enfrontar-se a l'enemic. Calia que algú es cuidés del reialme que en aquell moment era víctima d'una invasió. Però tot esforç va ser inútil. La reina Fortuna va morir en batalla, com el millor dels guerrers. Era una dona molt valenta que no hauria suportat la idea de convertir-se en una presonera.

Aquesta història, la mateixa que m'explicava el pare, la vaig explicar l'endemà al matí, mentre esmorzàvem.

—I què més? Estàs sonat! Això no t'ho creus ni tu! —va cridar en Kilian molt esverat.

La Mar no deia res, però em mirava en silenci i amb cara de preocupació.

El que va passar a continuació va ser horrorós. En Kilian va començar a dir que m'havia inventat aquella història, perquè la de veritat no m'agradava. Que el que devia haver passat era que la meva mare se n'havia anat amb un altre, un individu amb més calés, segur, i que ens havia deixat, al meu pare i a mi.

—Faig cara d'idiota o què? Sí home sí, el teu pare deu ser un banyut i dels grossos. Potser sí, que et penses que la teva mare és especial! La teva mare és una...

—Mentida! —vaig interrompre'l ple de ràbia.

No podia més, em vaig abraonar damunt d'ell i com que el vaig agafar per sorpresa, ja que no s'esperava la meva reacció, no li vaig donar temps a defensar-se. No podia parar de pegar-li cops de puny a la seva cara de follet fastigós fins que, alertada per la Mar, va aparèixer la Sole.

—Que sigui l'última vegada que us baralleu! —ens va dir molt enfadada—. Sembla mentida que no us pugui deixar ni un moment sols, que ja us esteu esbatussant...

Els ulls d'en Kilian, però, em deien que no seria l'última vegada.

No sabia si ho podria resistir gaire. No estava acostumat a barallar-me amb ningú. La veritat era que no ho havia fet mai, això de pegar-me. Havia de reconèixer que jo tenia part de culpa, m'agradava veure les cares de follet ximple que posava. D'altra banda, no entenia per què m'ho havia de dir, tot allò. Jo només deia el que sabia, el que el pare m'explicava de la reina Fortuna.

La trobava a faltar, la mare. M'havia acostumat a viure sense ella, és clar, però m'hauria agradat tenir-la al costat, que fóssim una família: un pare i una mare. Aquell dia ho desitjava més que mai.

Vaig tenir sort: la Mar i en Kilian se'n van anar. Només per aquell dia, però. Després de la topada que havíem tingut, va ser un descans estar unes hores separats. Com que era diumenge, es veu que era el dia que algun familiar passava el dia amb ells. En Kilian el va venir a buscar la seva àvia, i la Mar, bé la Mar no la va venir a buscar ningú, però se n'anava a passar el dia amb l'esplai de la parròquia a on estava apuntada.

Només van quedar les petites, que sovint em miraven intrigades, esperant què diria o què faria.

A la Sole va semblar que li anava bé que en Kilian i la Mar se n'haguessin anat, perquè em va dir que volia parlar amb mi, que ens asseguéssim al sofà. Un sofà que em recordava el palau, perquè era d'un teixit com de sac, que rascava.

De primer em va dir que l'endemà, dilluns, aniríem a comprar algunes coses que em feien falta, i després va encetar una conversa que em va deixar molt parat.

—No et prenguis malament els seus comentaris, no ho fan amb mala fe. El que passa és que els sorprèn molt un noi com tu. No entenen que es pugui ser feliç sense consoles, tele i futbol... D'altra banda ells també tenen problemes.

—Quins problemes? —vaig preguntar interessat.

La Sole em va mirar amb atenció abans de parlar, com si sospesés les seves paraules.

—No acostumo a parlar amb els altres dels problemes que té cadascun, però, en aquest cas, crec que anirà bé que ho sàpigues. D'altra banda, confio en la teva discreció... La Mar, quan va venir aquí, tot just acabava de sortir d'un centre hospitalari, de recuperar-se d'un parell de costelles trencades i d'un traumatisme al cap. El seu pare és alcohòlic i els pegava, a ella i a la seva mare. La mare encara està greu... No t'estranyis si la sents cridar a la nit, encara té por que el seu pare torni.

Vaig entendre els plors de la nit anterior i vaig pensar que el que li passava, a la Mar, encara era més terrible que no pas que la terra se t'empassés. A mi, el pare mai no m'havia pegat.

—I en Kilian, què li passa, a en Kilian? —vaig preguntar encuriosit.

—El cas d'en Kilian és més complicat: la seva mare no el vol amb ella. El pare va desaparèixer quan era molt petit i la mare, bé la mare no se'n pot cuidar gaire...

a temporades desapareix... La Judit... els seus pares són drogoaddictes i en aquest moment són en un centre de rehabilitació... De l'Ona no en sabem res, la van trobar perduda i plorant pel carrer. De fet, no en sabem ni el nom. La Mar va dir que Ona li quedava bé. La tindrem molt poc entre nosaltres, aquesta setmana mateix anirà a un orfenat, ja hem tramitat el seu ingrés.

Em vaig quedar molt pensarós. M'agradés o no, aquella era la gent amb qui hauria de conviure i fer l'esforç d'adaptar-m'hi.

—Bé... ara hauries de fer el llit i endreçar l'habitació —em va dir. I jo em vaig quedar preocupat, perquè no n'havia fet mai cap, de llit, i no sabia si me'n sortiria.

Al cap d'un moment, com si la Sole m'hagués llegit el pensament, va acudir en ajut meu.

—El farem entre tots dos, és molt senzill... Ja veuràs com aprendràs de seguida a fer-ho tot.

La resta del dia em va passar assabentant-me d'on eren desades les coses i aprenent a fer-ne d'altres. Tot era nou per a mi. Al palau no hi havia mai feina d'aquesta. I per primera vegada entenia què volia dir el pare quan em parlava que les persones, moltes vegades, eren esclaves de les coses.

Ara que hi penso, a les maresmes, els nostres dies transcorrien plàcidament, com un joc. Des del palau vèiem sortir el sol, ens agradava observar com s'aixecava des de l'horitzó i de mica en mica anava prenent possessió del cel. A mi, especialment, m'agradaven els dies núvols en què el mar es tenyia d'argent. De matinada o a l'horabaixa, aprofitàvem per pescar. Sovint hi anàvem amb en Vador, a bord d'una barca, la *Bruna*, tan vella com ell.

—Té, aquest raspall de dents és per a tu —em va indicar la Sole—. Les dents s'han de raspallar després dels àpats —va afegir en veure que la mirava estranyat. Em va fer vergonya que s'adonés que no n'havia fet servir mai cap, de raspall. Per netejar-me-les, el pare em feia glopejar unes pólvores blanques desfetes en aigua. Passat el temps vaig saber que aquelles pólvores eren bicarbonat.

Em sentia a gust al bany. No us penseu que era d'aquests luxosos que tenen banyeres d'hidromassatge o aixetes de disseny. No, no, res d'això. Era molt senzill, amb només el més bàsic: la tassa del vàter, la pica del lavabo, una banyera petita i... res més. Tenia un gran mirall, això sí, que ocupava gairebé tota una paret. Se'm feia estrany veure-m'hi reflectit, com si no fos jo qui s'hi veiés. Podia veure-hi un xicot prim, massa potser, de cabells rossos i llisos, amb uns ulls clars d'un color indefinit que unes vegades semblaven verds i d'altres blau grisós, com aquell mar dels dies núvols. Aleshores em vaig recordar de la reina Fortuna i vaig pensar que de segur que m'hi assemblava.

4

La bruixa del somriure

Ja feia una setmana que el pare era a l'hospital i la situació no havia canviat gaire. El rei Albatros pràcticament no havia millorat. Bé, una mica sí, perquè els pulmons ja estaven millor, però ell continuava sense recobrar el sentit. Els metges deien que estava en coma.

Jo el podia veure a través d'un vidre d'una unitat de vigilància intensiva del nou hospital on l'havien traslladat. Era allà, estirat, quiet, amb els ulls tancats. A vegades em deixaven entrar i jo li agafava una mà tot esperant que ell me la premés, però res de res. Començava a tenir por que no es despertés mai del somni en què estava adormit.

Pel que fa a mi, què voleu que us digui, no ho portava malament del tot, al centre. Em prenien per boig, això sí, però d'altra banda tenia l'avantatge que, d'aquesta manera, em deixaven tranquil. En Kilian s'havia acostumat a la meva presència i fins i tot em considerava una font de distracció. La Mar, en canvi, sovint em mirava preocupada, com si no m'entengués o no fos capaç de comprendre'm.

D'altra banda, ells, els enemics, havien decidit que podia visitar el meu pare i de pas sotmetre'm a interrogatori. Ja no tindria un munt de gent al meu voltant. Ja no. La feina de preguntar l'havien encomanada a una bruixa, encara que ells deien que era una psicòloga. Una altra tafanera, una altra espia a l'ordre dels enemics del meu pare, el rei Albatros.

Em sentia com un experiment. El pare m'havia explicat que els científics feien proves amb animals per saber de malalties o comportaments. Sí, em sentia com ells.

No m'agradava gens la idea, ja us ho podeu imaginar, però no tenia altre remei. Ho havia d'acceptar perquè si m'hi negava podien desentendre's del meu pare i en l'estat en què estava no hauria sabut què fer amb ell. Però, el que de veritat volia era anar-me'n a les meves maresmes.

A l'hospital em van fer esperar en una habitació on hi havia un munt de cadires i gent que esperava. Em van dir que ja m'avisarien.

Mentrestant, rumiava com seria la bruixa.

No vaig haver d'escalfar-me gaire el cap, perquè tot d'una es va obrir una porta. Una dona jove va dir el meu nom i em va demanar que passés. Almenys havien escollit una bruixa que somreia.

—Hola, Alexandre; sóc la Irene. Tinc una bona notícia per a tu: el teu pare ha millorat considerablement, almenys pel que fa a la pneumònia. Encara hi ha molt per fer, però; cal que surti del coma, que recuperi el coneixement.

El seu to tranquil i confiat se'm va encomanar i vaig pensar que sí, que ben aviat es posaria bo. Aquest sentiment també em va fer fort per demanar-li el que volia:

—Me'n vull anar, deixi'm anar. Jo només vull tornar a casa —li vaig dir sense embuts.

Amb ulls impassibles em va contestar amb el silenci, a la vegada que remenava papers on semblava que parlaven de mi o del meu pare.

—Això que em demanes, Alexandre... de moment no pot ser... Hem de fer les coses ben fetes.

Havia canviat el to de veu. Continuava sent amable, sí, però autoritari alhora. Ho havia dit amb una veu de les que manen.

—Mira, Alexandre... Per cert, és molt bonic el teu nom...

—El meu pare sempre em diu que em va posar aquest nom pel seu significat: «el defensor dels homes».

—No ho sabia, és molt bonic.

—El teu vol dir «pau».

—Caram, noi, sí que en saps, de coses. Doncs, amb el que signifiquen els nostres noms, no ens queda altre remei que fer un bon equip.

La bruixa que somreia feia anotacions en un paper i jo, mentrestant, l'observava. Eren astuts, els enemics. Perquè, si havia de dir la veritat, la Irene no semblava una bruixa, més aviat tenia l'aspecte d'una fada. Sí, s'assemblava a una que sortia en un llibre que tenia —esperava que en Vador me l'hauria guardat— que, com la Irene, tenia els cabells lleugerament rinxolats i li queien com una cascada fins a les espatlles.

I potser no ho era, de bruixa, o jo no volia que ho fos. La qüestió és que vaig decidir de fiar-me d'ella, almenys una mica. No creia que m'enganyessin els seus ulls. El que em va fer decidir, però, va ser el seu somriure.

—Alexandre... El teu pare no portava cap carnet ni identificació al damunt i amb les dades que tu ens has proporcionat, la veritat és que estem com quan vau arribar.

Aquella tampoc no es creia que era el Príncep de les Maresmes. Vaig dubtar, ja no sabia si refiar-me'n. Ella, però, va continuar parlant:

—La teva situació és molt irregular. Pel que sembla no tens més família que el teu pare, almenys això és el que tu ens has dit, potser quan es recuperi podrem aclarir més coses. Però, de moment, i només tenint aquestes poques referències... Per cert... Com et va pel centre?

—Psè!... Ja t'ho he dit. Me'n vull anar. No cal que hi estigui, allà al centre. Ja em sé defensar sol, sóc gran. Vull tornar al palau, a casa.

—Alexandre... no tens casa...

Per què m'ho deia, allò?

Recordo que em va fer mal.

—Pel que ens has comentat, el lloc on has viscut, on has crescut, no és propietat del teu pare. De fet deu ser propietat de l'Ajuntament d'Arenys de Mar o de Sant Pol, tot depèn del terme municipal.

Unes llàgrimes van brollar sense permís dels meus ulls i em va fer vergonya que la bruixa em veiés plorar. No m'agradava compartir aquell sentiment amb ella, per més que portés un somriure contínuament dibuixat als llavis.

Què estava passant? Per què?

Si el pare hagués estat bo, no ho hauria permès. Ell, el rei Albatros, no hauria deixat que al Príncep de les Maresmes li diguessin paraules que li feien mal.

—Podràs visitar el teu pare sempre que vulguis. Ho arranjarem de manera que així sigui. Pensa que només és una solució d'emergència, quan el teu pare es recuperi, tornaràs amb ell. Ningú no te'n pretén separar.

—No vull...

Se'm va fer molt estrany sentir com aquelles dues paraules em sortien de la boca. Era la primera vegada que les feia servir. Abans mai no n'havia tingut necessitat.

Aleshores, la bruixa, amb un posat molt més seriós, m'etzibà:

—La llei així ho considera, Alexandre. Ni tu ni jo no hi podem fer res. Em sap greu, però... Tanmateix, al marge de la llei, pots comptar amb mi per al que vulguis. Si necessites alguna cosa...

Les lleis, les maleïdes lleis, el pare ja m'ho havia explicat, que només servien per lligar els homes amb cadenes.

—No entenc res! Per què tothom va en contra meu!

Ja n'estava tip, que m'organitzessin la vida. No hi tenien cap dret.

—Alexandre, ningú va en contra teu, al contrari, només et volem ajudar.

—Mentides! Només em dieu mentides! Que si no tinc casa, que si sóc un rodamón! Sóc ric, jo! A mi no em fa falta de res! Sóc un príncep! Per què ningú no em creu? Tan difícil és entendre que sóc el Príncep de les Maresmes?

La bruixa em va deixar esbravar, va deixar que li digués tot el que se'm va passar pel cap i quan em va veure més calmat, em va dir:

—Si us plau, no t'enfadis... Si et sembla bé, et diré què farem. M'agradaria que m'expliquessis la teva història, tot el que en recordis o em vulguis dir. A mi m'agradaria saber qui és el Príncep de les Maresmes.

5

El rei Albatros

Ells, els enemics, comandats per la bruixa, havien decidit que aniria tres vegades per setmana a l'hospital. Durant una estona parlaria amb ella i després podria veure el meu pare. He de reconèixer que se'm va fer agradable. Ben al revés del que jo m'havia temut en un principi, la Irene no m'atabalava gaire. M'agradava, a més, que, amb força detalls, m'expliqués com estava el meu pare.

El meu pare... Em sentia absurd quan el mirava i el veia allà, amb els ulls tancats com si fos mort. Cada vegada que l'anava a veure ho feia amb l'esperança que, de cop i volta, s'aixecaria de la mateixa manera que ho feia al palau, a les maresmes, i em diria amb la seva veu càlida, tranquil·la:

«L'esmorzar està a punt, Alexandre.»

Era un moment màgic: sentir-se embolcallat per la flaire d'una xocolata calenta i pa acabat de fer...

—Bon dia, Alexandre... m'imagino que et vindrà de gust —em va dir la Irene quan em va rebre tot oferint-me un got de xocolata fumejant.

Que en feia de temps que no en menjava! D'ençà que el pare no es trobava bé, els àpats eren d'allò més simples i la majoria de les vegades els preparava jo.

—Em vas dir que t'agradava molt.

I em va convidar a parlar enllaçant les paraules amb l'aroma i el gust de la xocolata calenta acompanyada d'uns melindros tous i saborosos.

Em va deixar amb la boca oberta, ja me n'adonava ja, que volia que parlés, que la xocolata només era un parany. Però en aquell moment, tant me feia, em venia molt de gust.

—De segur que no és tan bona com la que feia el teu pare. Aquesta és de màquina, d'aquí, de l'hospital. D'això... Com ho fa el teu pare, per cuinar la xocolata?

—La fa amb una olla de terrissa i amb un fogó que porta una petita bombona a sota.

—És clar... el més difícil deu ser fer el pa.

—No, no gaire, el coem en un forn petit de llenya que va molt bé. Jo també en sé fer, de pa. El pare me n'ha ensenyat. És força fàcil, només has de vigilar que no es passi el punt de cocció.

—Vaja, que no us esteu de res —em va comentar enriolada.

—No. Tenim de tot al palau. Som rics.

—Explica'm com és la teva casa, el palau —em va demanar—, si vols...

L'aroma de la xocolata em va despertar els sentits i els records, i a la Irene, no ho sé, no m'importava explicar-li les meves coses. A més, no se'n reia i quan no tenia ganes de parlar em deixava tranquil.

—El palau, bé... no és una casa, de les que té la majoria de la gent, perquè el pare és un rei.

—Ja m'ho imagino —va assentir la Irene.

—En una zona de canyars, a dins d'una cisterna d'aigua que ja no es feia servir, el pare hi va habilitar un palau. Les parets de formigó ens protegeixen del fred i del vent, i a l'estiu només hem d'anar al mar a refrescar-nos. És un indret meravellós, nosaltres ho podem veure tot i, en canvi, quedem amagats de la gent. És clar que per això ell és el rei Albatros i jo el Príncep de les Maresmes.

La Irene m'escoltava amb atenció i això feia que jo tingués ganes d'explicar-li més coses.

—El millor és a la nit. Només d'estirar-nos, podem veure un cel cosit d'estels.

—I a l'hivern, has dit que les parets de formigó us resguarden, però, tot i així... no passeu fred?

—No... bé, a vegades una mica, però molt poques. Tenim vànoves i uns sacs de dormir, ja t'he dit que som rics. I, a més, si cal, el pare fa un foc petit. Diu que no el pot fer gran, perquè alertaria els enemics i podríem ser víctimes d'un atac. Sovint, sobretot a l'hivern, ens acompanya en Vador, un pirata ja força vell que ens explica les seves aventures a la mar.

Estava tan engrescat parlant que no em vaig adonar que parlava de la meva amistat amb en Vador, l'única persona que sabia on era el nostre palau.

—I viu allà, en Vador, a les maresmes? —va preguntar encuriosida la Irene.

—De vegades, ell és un home de mar —vaig mentir.

En Vador ja feia temps que no anava mai mar endins, però com ja us he explicat abans, no el volia comprometre. La Irene no sé si s'ho va empassar, perquè m'imagino que em devia haver posat vermell com un tomàquet. Tot i així, vaig continuar parlant d'ell.

—És un home savi, savi de mena, vull dir. El pare m'ho ha dit sempre, això, que un pot ser savi sense tenir estudis, ni res de res. I, en canvi, hi ha persones que en tenen i són molt ignorants.

—I tant, té molta raó en això, el teu pare. Escolta... l'altre dia, em vas dir que no ha volgut mai que anessis a escola.

—No, el pare sempre m'ha dit que ja m'ensenyaria ell tot el que em calgués. Ell diu que l'escola és una pèrdua de temps, que et pren la llibertat, el tresor més preuat dels homes.

La Irene va fer un sospir llarg i profund, imagino que no li va agradar gaire el que vaig dir:

—No estàs d'acord amb aquesta manera de pensar del meu pare, oi?

—Veuràs... No, la veritat és que no, no hi estic d'acord. És cert que ens talla la llibertat, però també ho és que anem adquirint, de manera gradual, coneixements. El més important, però, és que a l'escola aprenem a conviure amb els altres i madurem. I a tu... Digues la veritat... t'hauria agradat d'anar-hi?

—No ho sé, potser una mica, només perquè hi hauria altres nois com jo.

De vegades ho havia pensat, això d'anar a l'escola, força vegades, la veritat. Primer no, és clar, perquè quan era molt petit ni ho sabia, que existien. Però, més endavant, de coses que anava sentint, d'ací, d'allà, me'n vaig anar fent una idea. Aleshores, però, jo pensava que era molt afortunat de no haver d'aguantar els mestres ni tenir l'obligació de fer deures i aprendre'm lliçons que no m'interessaven gens. És clar, per això era el Príncep de les Maresmes.

La Irene, no sé pas com s'ho feia, sabia quan no em venia de gust continuar parlant d'un tema. A mi, allò de l'escola, no sé per què, em posava de mal humor. Ella ho va notar i no me'n va parlar més, almenys durant un temps.

—Has vist alguna vegada una radiografia del teu cos? —em va dir, alhora que m'ensenyava una làmina de fons negre.

—Aquests són els ossos de la teva mà. Mira...

Em vaig quedar molt parat. No n'havia vist mai cap. La meva cara d'embadaliment l'animà a ensenyar-me'n més. A continuació me'n va ensenyar d'altres on es mostraven diverses parts del meu cos.

—Encara et queda molt per créixer, tindràs una bona alçada —em va dir mentre em tornava a mostrar la de la mà. Es veu que mirant els ossos, si estan o no units del tot, es pot saber l'estatura que tindrà una persona.

Li vaig demanar si me'n podia donar una, d'aquelles radiografies. Ja us he dit que, a part d'aquella del Tibidabo, no en tenia cap, de fotografia. I aquelles... bé, es podia dir que ho eren. La Irene es va quedar una mica parada amb la meva demanda, però em va deixar i jo em vaig quedar una de les de la mà. Eren les que m'agradaven més.

La Irene va guardar en un arxivador la resta i va posar damunt la taula una altra mena de papers. Es va posar les ulleres i em va dir:

—Les analítiques que t'he fet fer demostren que tens alguna insuficiència. Res important, una mica de calci, de ferro, vitamina C...

No em va agradar gens, allò que va dir, era com si estigués fent un retret al meu pare.

—Jo no he passat mai gana —li vaig dir ofès.

—No m'interpretis malament, Alexandre, però per tot el que em vas dient, no has menjat el que seria més saludable per a un nen de la teva edat. Per exemple, de segur que has begut poca llet.

—No m'agrada, em fa vomitar. Vull veure el pare...

No ho havíem comentat cap vegada, però la Irene sabia que quan li deia això, era perquè ja no tenia ganes de parlar més. Era com si haguéssim fet un pacte. El pare sempre em deia que els pactes s'havien de guardar com el millor dels tresors i que mai s'havia de trencar la paraula donada, tret que fos per raons poderoses.

Gairebé sempre m'acompanyava la Nela, a l'UCI. Aquell matí, però, ho va fer la Irene, es veu que la Nela no podia. M'hi podia estar poca estona perquè m'esperava la Sole.

Encara no m'havia acostumat a veure'l sense barba. No semblava ell, tot i que es veia més jove, això sí.

La Nela em va explicar que l'havien afaitat per una qüestió d'higiene, que els pèls eren un destorb. Es veu que ho feien amb tothom.

El més estrany era que, d'aquella manera, sense barba, no semblava el rei Albatros.

Era hora d'anar-me'n, la Sole m'estaria esperant al vestíbul. I, quan m'acomiadava de la Irene, em va preguntar:

—El teu pare, el rei… per què es diu Albatros?

M'agradava, parlar d'això.

—El pare sempre em deia que si no hagués estat una persona li hauria agradat ser una au marinera. Una au per poder anar a tot arreu amb llibertat i marinera per poder flairar el salnitre i sentir la remor del mar.

—I, això de rei… com és que ho és, de rei, el teu pare?

Veieu la diferència? La diferència de la Irene amb els altres, vull dir. Ella no em negava que fos rei, només em preguntava per què ho era. I, és clar, li vaig contestar com el pare ho hauria fet:

—Si tu no ets una reina, per exemple, és perquè no vols. Tots ho podem ser, de reis i de prínceps.

—Ah sí? I què he de fer? —va preguntar amb molta curiositat.

—Ser tu mateixa, que no et mani ningú. Per això el meu pare és rei, perquè un dia va obtenir la llibertat.

6

La gata que esgarrapava

Aquella tarda, en Kilian, en el moment d'arribar, ja em va fer saber, sense dir-m'ho, que les passaria magres. Venia guerrer i ferotge, de segur que a l'escola no li havia anat gaire bé. A mi, però, tant se me'n donava, perquè tenia els punys ben esmolats. El pare, entre moltes altres coses, m'havia ensenyat a defensar-me.

Però em va sorprendre, perquè el seu atac va ser molt més subtil.

Jo era a la sala d'estar amb la Mar i estàvem ajudant les petites a muntar un puzle. Era divertit allò d'anar buscant peces i encaixar-les en el lloc que els tocava. Però el que m'agradava més era estar a prop de la Mar. Jo, de tant en tant, me la mirava de cua d'ull; era molt maca. Semblava una princesa.

En Kilian havia anat a l'habitació i al cap de poc se'ns va aparèixer al davant amb un llençol per damunt les espatlles. Al cap s'hi havia plantat una mena de corona que s'havia fet amb un tros de roba entortolligada.

—Salut, Príncep de les Maresmes! Llarga vida al príncep, fill del rei Albatros, el més gran mentider del planeta!

La Mar ho observava sense dir res, però no podia evitar que se li escapés el riure per sota el nas. La Judit i l'Ona ens miraven engrescades. Van deixar estar el puzle i van desaparèixer de la sala per tornar-ho a fer, al cap de poc, guarnides amb trossos de roba que devien haver replegat en algun racó.

—Nosaltres també som princeses! —va exclamar la Judit entusiasmada.

—Benvingudes al regne dels tocats de l'ala! —va saludar-les en Kilian amb una reverència exagerada.

Tot seguit, els tres disfressats van fer una rotllana i es van posar a ballar mentre cantaven.

El pare, de fet, ja m'havia advertit que podia passar alguna cosa semblant, que quan algú no vol creure't el que fa és riure-se'n. Em va recomanar també que no n'havia de fer cas, que jo havia de demostrar que era superior a ells, que un príncep tenia el deure de demostrar la seva noblesa.

—Passi, passi, sa Majestat... el rei dels penjats! —deia, eixerit, alhora que feia més reverències vinclant el cos.

Les petites, com si d'un joc es tractés, anaven fent tot el que ell feia.

—M'agrada, això de «rei dels penjats». Sí, queda molt millor que no pas allò tan cursi de «Príncep de les Maresmes»... Què us sembla, nenes? Oi que tinc raó?

La Judit i l'Ona feien que sí amb el cap.

L'Ona dubto molt que s'assabentés del que feia, però sempre imitava la Judit. En tot.

—Ja està. Adjudicat! Com que n'estàs molt, de penjat, doncs això, t'anomeno «rei dels penjats»! Ja podràs estar content ja, t'he apujat de categoria, ara ets un rei.

—L'Alexandre és un rei! L'Alexandre és un rei! —cridava la Judit.

Tot i que resultava divertit de veure-li fer i dir bestieses, va arribar un moment que em va atipar. Em vaig aixecar i d'una empenta amb el braç el vaig treure del mig, ja que em barrava el pas. S'aprofitava que la Sole havia sortit un moment per anar a comprar i no el podia renyar. Volia amagar-me i no sabia a on. En Kilian m'anava seguint per tota la casa. D'altra banda no tenia gens de ganes de començar una altra batussa. Em sabia greu per la Sole.

—Què, com t'ha anat al manicomi? T'han arreglat una mica? —va continuar empipant.

Jo no li contestava les seves provocacions, però ell, burxa que burxa.

—Home, ben pensat, potser encara tens remei: ets jove; ximplet, però jove. Amb un bon tractament d'electroxocs potser t'arreglarien. El teu pare, això... Ha!, ha! Aquest em sembla que ja no té remei.

—Deixa estar el meu pare, malparit!

—Ui, ves per on, el noi, si sap dir paraulotes i tot! Ui, ui, ui... això no ho ha de fer, un rei! És clar, és clar, jo sóc un malparit i ell és el fill de la reina Fortuna, més verda que una pruna! Ha, ha!

Volia controlar-me, però la força de voluntat em va abandonar. Què s'havia cregut aquell pocapena! Així que, vençut per la ràbia, li vaig etzibar un cop que aquesta vegada va evitar.

—Ah, nano, aquesta vegada l'has cagada —va dir alhora que m'entaforava un cop de colze al nas—. Així m'agrada! A veure com lluita un príncep! El Príncep de les Maresmes, el príncep valent! Ha!, ha!

—Prou!

En sentir el crit de la Mar, tots dos ens vam aturar.

—Kilian, deixa'l en pau d'una vegada! Au, va, deixa'l.

—Però que no ho veus, que no hi és del tot, que no va rodó!

—Que el deixis, et dic!

—Sí, home, ara mateix, perquè ho diu la ploramiques nocturna...

De sobte, la Mar se li va llançar al damunt i li va esgarrapar la cara amb força. Li va fer sortir sang. Ho va fer com un gat. M'havia semblat que era gata dolça però, és clar, els gats ja ho fan això, quan ataquen treuen les ungles. Però les ungles no van ser el pitjor.

—Mira, nen, si estàs dolgut perquè la teva mare et vol lluny d'ella, t'aguantes, però als altres ens deixes tranquils. I potser per això no et vol, perquè ets un amargat i un rancuniós!

Tots tres vam fer una bola de punys, cames i braços. Les petites van començar a cridar i sort que en aquell moment va arribar la Sole i, com sempre, va haver de posar-hi pau.

—Mar! Vés a la teva habitació i tu, Alexandre, a la teva. Tu, Kilian, queda't aquí que hem de tenir una xerrada, tu i jo.

Les dues hores que vam estar separats van servir, si més no, per calmar els ànims. No m'hauria imaginat que la Mar pogués ser tan dura, semblava tan dolça... Fins i tot em sabia greu pel pocapena del follet, allò li havia fet mal de veritat. Però, què punyeta! Que se n'anés a la merda! El pare m'hauria dit que aquesta no era l'actitud digna d'un príncep, que calia saber perdonar, que tornar mal per mal no servia per a res, que era estèril.

A la nit vam sopar verdura i amanida en silenci. Només les veuetes alegres de les dues petites omplien el menjador. La Sole estava enfadada, gairebé no va dir res, només l'imprescindible, i a les petites. A nosaltres, els grans, no ens feia cas. Abans ens havia renyat molt i, sobretot, ens havia exigit, encara que no ens agradés, mantenir una convivència pacífica.

Mentre recollíem la taula, quan portàvem els plats cap a la cuina, en Kilian em va fer una traveta a la cama perquè em caiguessin els plats a terra. Sort que els vaig poder aguantar. Pel que semblava, l'efecte dels renys de la Sole ja se li havia passat i havia tingut temps per tornar a carregar bateries. Jo temia la nit, perquè de segur que en Kilian aprofitaria per fer-me'n alguna.

El problema d'aquella casa era que no et podies amagar enlloc. Bé, si només era per una estona curta sempre quedava el recurs del bany, però no era qüestió de passar-s'hi dues hores. I això que ja us he dit abans que m'agradava estar al bany. Potser era perquè jo, al palau, no en tenia. El pare i jo ens dutxàvem a les dutxes que hi ha a la platja; a l'hivern passava fred, però el pare em deia que això tonificava el cos, que el feia fort.

Des que havíem acabat de sopar, vaig notar com la Mar feia per acostar-se'm, com si tingués ganes de parlar amb mi. És això que us deia, que es feia difícil trobar un lloc per estar tranquil. Vaig pensar que potser era jo qui havia de fer un pas. De fet, sempre era ella qui se m'atansava. Així que, al cap d'una estona, em vaig dirigir cap a la seva habitació. Hi serien les petites, però sempre seria molt millor que tenir a prop en Kilian.

—Puc entrar?

La Mar em va obrir tot seguit amb un somrís franc i obert.

—Tenia ganes de parlar amb tu...

—Hola rei! ...o príncep? Al final què hem quedat que eres, tu? —em preguntà la Judit.

—Amb príncep ja està bé... quan sigui més gran ja seré un rei.

—Judit, maca, l'Alexandre i jo hem de parlar... —intentava dir-li la Mar.

—Jo també vull parlar amb ell, és un príncep.

Em vaig témer que aquella situació s'allargaria fins a l'infinit i al final em quedaria sense saber què em volia dir la Mar. Però els nens petits són imprevisibles i la qüestió va ser que, de cop i volta, es va posar a jugar amb la seva nina i ens va deixar tranquils.

—Em sap greu que en Kilian es fiqui tant amb tu i em sap greu el que jo li he dit. És la veritat, però... Bé, me n'he anat de la llengua. La Sole està molt enfadada, em sap greu perquè és la millor assistenta que he conegut. Tinc por que s'atipi de nosaltres i se'n vagi.

No sabia què dir, tenia els sentiments barrejats, d'una banda pensava que ja li estava bé, per imbècil, i de l'altra em sabia greu, per desgraciat.

—Està molt disgustat —va continuar la Mar—. Avui s'ha trobat amb la seva mare i ell estava convençut que se l'emportaria amb ella, que aquesta vegada sí que ho faria. Sempre explicava que la seva mare no el podia tenir amb ella perquè havia de treballar molt. Ara deia que seria diferent. No et pots arribar a imaginar la il·lusió que li feia. «La meva mare vindrà de viatge, haurà guanyat diners i se'm podrà endur.»

—I què ha passat? —vaig preguntar amb interès.

—Doncs el que passa cada vegada: sempre s'excusa i li dóna falses esperances. I aquesta vegada, no ha fet ni això. Ara ja veu que és gran per enganyar-lo. La Sole ha intentat consolar-lo, però ell no l'ha volgut ni veure.

—I avui me les he carregades jo, no?

—Sí... T'ho explico perquè no li ho tinguis en compte; ho està passant molt malament i jo m'he passat amb ell. Em sap greu d'haver-lo esgarrapat.

—Jo també tinc el pare malalt i no vaig pel món ficant-me amb els altres.

—Sí, però a tu el teu pare t'estima i jo mateixa tinc l'excusa que el meu està malalt també, que és un borratxo i que potser si no begués seria un bon pare. Però ell ho té molt malament, la seva mare no el vol.

—Doncs... sort que ha vingut la Sole, perquè estava a punt de trencar-li la cara.

—Ja ho sé, tu ets fort, tu ets un príncep...

I m'ho va dir sense burlar-se'n, amb ulls sincers.

7

El faedor de mentides

El pare sempre em deia que el bé més preuat d'un home, després de la salut, era la llibertat, i que per això va decidir fer-se rei i lluitar, perquè no la hi arrabassessin.

M'explicava que li va costar molt d'aconseguir-la, perquè abans, abans que jo naixés, estava sotmès a feines poc engrescadores i rutinàries que només li servien per guanyar diners. Amb els diners comprava el temps, sí, però va arribar un moment en què no el va saber fer servir per viure. Per això un dia va decidir d'obtenir la llibertat i així poder recuperar el temps perdut.

Vaig explicar això a la Irene i em va agradar que em digués que el meu pare tenia raó i que s'havia de ser molt valent per renunciar a un sou, a una casa, a tota una sèrie de convencionalismes socials. Jo vaig pensar que el pare ho tenia fàcil, no debades era un rei.

Per cert, no us he dit que, de mica en mica, em vaig acostumar a anar a la seva consulta i, si he de ser sincer, la trobava a faltar quan no hi anava.

Us deveu haver adonat que ja no l'anomenava bruixa.

Aquell matí va ser particularment intens, perquè la vaig veure determinada a canviar la meva vida.

—Alexandre… No podem continuar així. Cal saber qui ets, a banda del Príncep de les Maresmes.

—A mi ja m'està bé…

—D'acord, d'acord, però… el teu pare pot estar així molt de temps. Hem de formalitzar la teva situació.

«Ja hi tornem a ser», vaig pensar, i em vaig sentir, no ho sé, com traït.

—És fàcil que entre les coses del teu pare hi poguéssim trobar un carnet d'identitat, d'algun club, entitat o un passaport, encara que fossin antics… En fi, algun document on sortís el seu nom.

—El pare sempre em deia que tot el que anés més enllà del nom era innecessari, que només servia per etiquetar la gent.

El que m'agradava de la Irene era que no rebatia les meves afirmacions. Tot i ser molt més gran que jo, em respectava. Però al cap d'unes quantes sessions, vaig saber interpretar —m'ho deien els seus ulls— quan no estava d'acord amb el que jo pensava.

A aquelles altures, després de més de dues setmanes, ja no m'importava que volgués saber de mi.

—Tenir un nom, uns cognoms, és important. Te'ls demanaran per a tot. Per treballar, per exemple...

—El meu pare sempre ha treballat, sempre li han donat feina i no li han fet falta.

—De què ha treballat, el teu pare?

—Sap fer moltes coses.

M'agradava que em deixés explicar sense interrompre'm amb coses que jo no volia saber ni m'interessaven.

—Sovint fa de jardiner; en sap molt, de cuidar les flors i les plantes. Diu que és una de les feines més boniques: treballar la terra i veure que d'ella creixen veritables escultures de fulles i pètals delicats. A vegades jo l'he acompanyat. M'agrada molt anar a una casa a la part de la muntanya on tenen moltes plantes aromàtiques i també begònies, hortènsies...

—Ja veig que en saps molt, de plantes. I com localitzen el teu pare?

Allò no em va agradar, si es pensava que cauria en el parany per descobrir-li el nostre palau, ja podia anar esperant.

—Sempre és el pare qui truca. Els diu que no té telèfon, que no li agrada i que ja serà ell qui s'hi posi en contacte. Em sembla que això no els agrada gaire, però el deixen fer, com que fa molt bé la seva feina, doncs... accepten les seves condicions.

—Has dit que sap fer moltes coses.

—Sí. Moltes vegades, entre els veïns fem intercanvis: el pare, com que sap de medicina, cura els malalts. No tothom té diners per anar al metge. Aleshores ens donen oli, patates, sabó... coses que nosaltres no tenim.

—Pel que m'has dit... de vegades, us fan falta diners.

—És clar, per això treballa el pare. I quan en tenim, fem festa grossa. Anem a algun lloc desacostumat o comprem alguna cosa que ens fa il·lusió. El pare diu que els diners només serveixen per tenir coses i que les coses de vegades són necessàries i de vegades no. Només s'ha de treballar per obtenir el que fa falta.

—Ja, però no tothom té les mateixes necessitats.

—No, el pare diu que els que en tenen més són els més esclaus de tots...

De sobte, i això que portava xerrera, em vaig aturar. La Irene es va adonar, abans que ho fes jo mateix, que em passava alguna cosa i em va dir que no li digués res més, que no en tenia ganes.

Però jo sí que volia parlar, tenia la necessitat d'abocar-ho tot.

—El pare, un dia, deu fer cosa d'unes quantes setmanes, es va enfadar molt amb mi. Em sap greu perquè des de llavors el pare va començar a emmalaltir.

—Què va passar? —em va preguntar dolçament la Irene.

—Es va enfadar perquè jo volia una *game boy*. Sabia que el pare havia cobrat per una feina i sempre que cobrava aprofitàvem per fer o tenir alguna cosa especial, per a mi la *game boy* ho és.

—I al teu pare no li devia agradar que en tinguessis una.

—No, gens. Em va dir que això era de nens aviciats i que em convertiria en un esclau del consum. I com que jo hi insistia, ell es va anar enfadant cada vegada més. Vaig pensar que se li passaria, però a l'endemà, no ho sé, ja no era el mateix.

—I, abans, no havíeu passat per alguna situació semblant?

—Tan forta no, però una mica sí...

Un núvol de llàgrimes em va emboirar els ulls.

—Si ara no vols parlar-ne, deixa-ho —em va suggerir la Irene com si estigués una mica incòmoda.

—No. Vull explicar-t'ho. No ho he dit mai a ningú, ni a en Vador...

I li vaig relatar una història que feia temps que em consumia:

«Tot va començar l'any passat, a la casa on el pare anava de tant en tant a fer de jardiner. Jo acompanyava el pare i aquell dia vaig conèixer el noi de la casa i ens vam fer amics. Fins aleshores el pare sempre havia evitat que jugués amb altres nens, una estona llarga, vull dir.

Però a mi m'agradava molt la companyia d'aquell noi, de l'Adrià.»

—És molt normal que t'agradi tenir amics...

—Ja, però al pare no li agradava i crec que no li agradava perquè no volia que veiés totes les coses que tenien els altres nens.

«Encara recordo com em vaig quedar quan, en entrar a la seva habitació, vaig veure tot el que hi havia. De primer, l'habitació era gran i espaiosa, amb un llit flonjo i cobert de roba neta. Hi havia també un armari ple de tota mena de roba i un ordinador i un aparell per escoltar música i joguines i... hi havia de tot... Però recordo també que no em vaig sentir malament perquè ell tingués coses i jo no. Només sé que em vaig sentir diferent. El cas va ser que cada vegada que hi anava me m'anava adonant, de mica en mica, que a mi també m'agradaria tenir-les, totes aquelles coses. Jo era un nen estrany i no perquè fos el Príncep de les Maresmes.

»El problema va venir perquè el pare, en adonar-se de la nostra amistat, no va voler continuar treballant de jardiner en aquella casa. I a mi això em va fer molt mal, perquè jo volia continuar trobant-me amb l'Adrià i que em deixés jugar amb l'ordinador, i que juguéssim amb jocs de taula i sobretot, sobretot, que fos el meu amic.

»A partir de llavors va ser quan vaig començar a demanar coses al pare, coses d'aquelles a les quals ell em deia que no, perquè eren de nen aviciat. I això que li havia dit que ja m'ho guanyaria, que què havia de fer per aconseguir-ho. Però ell va dir que no permetria que em convertís en un esclau. I llavors va ser quan es va posar malalt... per culpa meva.

—No t'has de sentir culpable d'això, segurament el teu pare ja no estava bo. D'altra banda és normal que et facin il·lusió segons quines coses. I tens dret a desitjar-les.

Ens vam mirar de fit a fit, com si ens prenguéssim les mides.

—Hi tinc dret?

—És clar. Si ets lliure ho has de ser per a tot, per desitjar també.

Van trucar per telèfon i la nostra conversa va quedar interrompuda. En aquells breus moments —la Irene va dir que estava amb una visita— em va assetjar una ràbia continguda que feia dies que intentava brollar a la superfície.

El que us explicaré ara us sorprendrà. De tota manera, no em jutgeu encara, perquè la veritat és que el primer sorprès vaig ser jo. No podia més, us ho asseguro. Durant aquell últim any m'havia esforçat a intentar continuar sent el Príncep de les Maresmes. Jo mateix m'intentava convèncer que tot allò que deia era veritat. I des que anava a l'hospital, encara més. Però ja no podia seguir d'aquella manera i ho havia de dir.

I ho vaig fer. Va ser en un rampell, així, de sobte, tot just la Irene va penjar el telèfon.

—M'ha enganyat… —li vaig assegurar.

—Qui t'ha enganyat?

—El pare… des que he nascut que m'ha fet creure moltes bestieses que són mentida. En Kilian té raó: sóc un fantasma i un mentider. Em moro de ganes de tenir tele, de jugar amb una videoconsola i de tenir un sofà i un llit d'aquells que t'hi enfonses, com el de l'Adrià.

Mai no havia vist la Irene trasbalsada, era una dona tranquil·la, de moviments pausats i veu acaronadora.

—L'odio! L'odio! Em fa fàstic, fàstic de debò!

—Calma't, si us plau…

—No, no puc! Oi que ho volies saber tot, sobre mi? Oi que volies saber la veritat? Doncs ja la tens, apa! No sé com t'ho has manegat perquè t'ho hagi acabat explicant tot!

—No és veritat, no ha estat la meva intenció forçar-te a dir res que tu no volguessis.

—En això deia la veritat, el pare, que la primera impressió és la que compta. I quan et vaig veure vaig pensar que eres una bruixa!

—Si us plau, Alexandre…

No em podia aturar, ja no podia. Necessitava abocar tot el que portava dins.

—Sí. Aquesta és la veritat. I si vols et portaré al cau fastigós on vivíem i et presentaré tota la colla d'amics. En Vador i tota la trepa de trinxeraires.

El pare es va enfadar molt quan li vaig dir que volia anar a escola i que volia tenir amics i que era una merda viure d'aquella manera, que jo volia tenir una casa com la de l'Adrià amb una banyera on poder-me banyar cada dia i aleshores em va dir que no permetria que caigués en el parany, que després tot seria un miratge i que no en tindria mai prou i que seria un esclau com tots ells.

Em vaig ennuegar i no podia continuar.

La Irene em va oferir un got d'aigua. Una suor freda em relliscava per tot el cos, notava com les gotes suades lliscaven avall.

La Irene també es va posar molt nerviosa i va encendre una cigarreta. Era la primera vegada que la veia fumar. I això que hi havia un cartell avisant que no estava permès de fer-ho.

—Mira, Alexandre, tot el que m'has dit és molt important. Important perquè és l'inici de poder solucionar els problemes. A veure, primer de tot, no creguis això del teu pare; ell, més que enganyar-te, ha volgut protegir-te, protegir-te d'un món hostil...

—M'ha enganyat...

—Tingues per ben segur que moltes de les coses que el teu pare afirma són veritat. Però el més important és poder escollir. Tu has escollit ja. I és el teu dret, la teva llibertat.

8

El fill que no tenia pare

No sé què pensareu de mi, potser el mateix que en Kilian. No us ho retrec. Jo n'era el primer sorprès, però les coses són com són i jo m'hi vaig trobar al mig sense haver-ho demanat.

Em sentia confús. I tenia por, sí. Molta. Durant quatre setmanes havia explicat la història del Príncep de les Maresmes i temia que, a partir d'aleshores, ningú no em faria cas. Mai més. Em sabia greu.

Potser m'havia equivocat en voler-me sincerar i desmentir tot el que, amb tant d'interès, m'havia entossudit a afirmar. Tal vegada hauria estat millor continuar amb la meva història. O no. No ho sé. L'únic que tenia clar era que estava fet un embolic i que no tenia gens de ganes de tornar a veure el meu pare. En aquell moment era com si l'hagués perdut, com si ja no en tingués.

He de dir que tothom em va tractar molt millor del que esperava, del que jo em mereixia. No em va agradar gens, però, copsar que els feia pena. Allò em va humiliar fins al fons de l'ànima.

Després de la meva «confessió», la Irene em va dir que era millor que deixéssim la xerrada per a un altre dia i que ja continuaríem parlant. Vaig témer que ja no voldria saber res més d'un fantasma com jo.

Afortunadament, com ja veureu, em vaig equivocar.

De camí cap a casa, amb la Sole, vaig intentar explicar-li la conversa que havia tingut amb la Irene, però no sabia com fer-ho i, d'altra banda, la Sole semblava amoïnada.

—L'Ona ja és a l'orfenat —em va dir.

I encara que no havíem tingut gaire temps per conviure, vaig pensar que trobaria a faltar aquella cara menuda d'ulls eixerits.

No era el millor dia per topar-me amb en Kilian, però no podia evitar de veure'l. Ni ell ni jo teníem la culpa que també vingués a dinar a casa, però ja us he dit que les coses són com són. Hauria de suportar-lo fins que se li fes l'hora de tornar a escola. De tota manera, si l'havia d'aguantar, jo ja tenia a punt la meva estratègia.

Va arribar de l'escola, com sempre, guerrer i a punt de gresca. Ell mai no perdia punt.

Només d'entrar, va llançar la motxilla al sofà —no hi era la Sole per renyar-lo— i em va saludar mofeta.

—Salut, Príncep de les Maresmes!

—El Príncep de les Maresmes ha mort —li vaig contestar autoritari.

Ja es podia anar preparant, en Kilian. Si ell venia guerrer, jo encara més. I posats a fer, era la millor víctima amb qui em podia descarregar a gust.

—Uala! Ha mort! Ara anem d'enterrament, tu! Estàs mort? Ets un zombi, ara? Bestial tu, tindré de company d'habitació un fantasma! Ei, no et podreixis que faràs pudor! Que fort, tu! Espera... et puc tocar? Em fa por que si ho faig et desfacis com el fum...

—Deixa de dir pallassades, ho dic de veritat. Jo, l'Alexandre, estic viu, és el Príncep de les Maresmes qui s'ha mort.

—I ara, què seràs? El rei torracollons? O el marquès dels empanats? No m'estranya, si vaig ser jo qui et va donar la idea.

—Ximple...

—Sí, home, sí. Vaig ser jo qui et va apujar de categoria i et vaig nomenar el rei dels penjats, te'n recordes? Visca! El príncep ha mort! Visca el rei!

Li hauríeu d'haver vist la cara. Era massa! Els ulls li sortien de les conques, d'entusiasmat com estava.

I per a mi era un repte provocar-lo fins al límit.

—A partir d'ara, digue'm Alexandre, o si vols Àlex, és més curt.

Amb el soroll i els escarafalls que feia en Kilian, ben aviat va aparèixer la Mar. I com era previsible, en Kilian va aprofitar per explicar-li les novetats.

—Estem de dol, nena. Aquest element és la pera. Ara s'ha mort, tu, i nosaltres sense saber-ho...

—Què? Au, vinga, ja estàs tu i les teves bromes de poca-solta! —va protestar la Mar empipada.

L'hauríeu d'haver vist, en Kilian, de veritat que no exagero. Es xalava per moments. Envermellia de cara, se li enlairaven les orelles i els ulls li espurnejaven d'una mena d'alegria esbojarrada.

—Ha!, ha! Ja ho entenc. Es veia a venir. T'han fet un seguit d'això, d'electroxocs, i encara t'has quedat més pirat del que estaves.

Em vaig aixecar de la cadira i els vaig deixar allà, i en Kilian dient un munt de bestieses, una darrere l'altra.

La Mar em mirava amb un ulls perplexos, sense saber què dir ni fer.

—A mi m'agradava que fossis un príncep. Quan haguéssim sigut grans ens podríem haver casat i jo hauria estat una princesa —em va dir molt convençuda la Judit, que ni m'havia fixat que fos allà.

Em van venir ganes de dir-li que aquesta mena de princeses no existien, però ho vaig deixar estar, la pobra nena no en tenia cap culpa.

De camí cap al bany, l'únic refugi on podia acudir sense veure'm perseguit per en Kilian, se'm va acostar la Sole i em va preguntar:

—Què vols dir? Què és això que el Príncep de les Maresmes ha mort? Em sembla que m'hauries d'explicar què passa...

—Doncs això, que ja no crec en els contes de fades, que ja m'he fet gran.

Em sentia com quan vaig arribar per primera vegada. Altre cop era el centre d'atenció. De tothom.

La Mar, a més, se sentia estafada, ara ho sé. Llavors jo no comprenia per què em feia morros, però ara que ha passat el temps, ho entenc. Ella havia estat sincera amb mi, havia intentat comprendre'm i jo només li havia sabut dir un munt de mentides. Interiorment, però, m'havia proposat no dir-ne mai més.

I en Kilian, oh, de veritat, li hauríeu d'haver vist la cara en una metamorfosi constant.

Abans d'anar-me'n a dormir ho vaig explicar a la Sole, sentia que tenia l'obligació de fer-ho. Jo em pensava que em renyaria i no, tot el contrari. Em va dir que havia fet molt ben fet i em vaig quedar més tranquil.

Després, ja de nit, estirat al llit de la meva habitació, em sentia un traïdor.

«Un príncep ha de ser noble, fill», em deia sempre el pare. Vaig pensar que no ho suportaria, si descobria el que havia fet. Però així ho havia decidit.

«Un príncep ha de ser decidit i valent», també em repetia sovint. D'altra banda... és que potser ell havia pensat què sentiria jo, quan m'assabentés de tot? Ni pensaments! Si almenys, quan ja vaig començar a dubtar d'això de ser un príncep, s'hagués anat sincerant... No ho sé, potser ens hauríem entès, l'hauria comprès. Oh! Maleït sia!

—Ei, cadàver, ei, tu, príncep mort!

Oh, no! Era en Kilian altre cop.

—Ei! Si vols podem preparar la teva resurrecció... Serà tope, tu! El retorn de la mòmia, tu! Ha! Ha! Ha!

No sé pas l'estona que va estar escarnint-me. Suposo que fins que es va avorrir o el va vèncer el cansament.

No li vaig dir res, el vaig deixar que anés fent la seva.

M'ho mereixia.

9

Vador, el pirata

Ja us he dit que temia la reacció de la Irene, però els meus temors no tenien fonament, ben al contrari.

L'endemà, quan m'hi vaig presentar, em va fer entrar tot seguit al seu despatx.

—Bon dia, Alexandre… Seu, seu si us plau… tinc notícies per a tu.

No em va dir res referent al dia anterior. Semblava entusiasmada amb algun projecte en el qual em volia fer participar.

El cor em bategava molt de pressa. La Irene remenava papers en silenci mentre jo em delia perquè em digués alguna cosa. En aquells moments, i ara no em pregunteu per què, sabia que el meu futur estava en les seves mans.

—Ara, si més no, ja sabem per on començar. Imagino que no t'importarà anar a… allà on vivies. Potser, entre les coses del teu pare, podrem trobar-ne alguna que ens indiqui la seva identitat, la teva…

La meva cara de sorpresa i dubte la van fer aturar-se un moment com si volgués rumiar bé què havia de dir-me.

—Alexandre, ja sé que tot això és estrany i dolorós per a tu, però és important que busquem les teves arrels. Tots en tenim i de tota mena.

—De què em servirà? Jo vull començar de nou.

—És clar que et servirà! Serà fer creu i ratlla amb el passat. Ningú no té futur si no gaudeix d'un passat. Potser tens família. Tens dret a conèixer-la i que et coneguin.

Família? Jo, família? No hi havia pensat.

Podeu pensar que era molt totxo, però... les coses són com són.

La Irene semblava que m'havia llegit el pensament, per allò que us havia dit abans que era bruixa.

—Això, és clar, no ho puc assegurar. Però de la mateixa manera que el teu pare t'ha volgut aïllar del món que ens envolta per protegir-te... potser ho ha volgut fer d'algú altre. I els altres també tenen dret a saber de tu.

Família. Em semblava molt llunyana, aquesta paraula, un dret del qual jo estava privat. Una mare: la reina Fortuna... Potser avis i cosins...

—Fa setmanes et vaig dir que t'ajudaria i ho faré.

Si hi estàs d'acord, ens posarem en contacte amb una assistenta social que conec que ens orientarà en el que s'hagi de fer. Primer, però, caldrà recuperar les pertinences del teu pare. Hauràs de tornar a casa, al palau.

Sí. Tenia pressa per anar-hi, començava a créixer dins meu l'esperança de poder trobar algun membre de la meva família. Temia, però, per en Vador.

Si tot era com m'havia explicat la Irene, potser el farien fora d'allà, de casa seva. No el volia posar en evidència, ni fer res que el perjudiqués.

La Irene m'observava amb els seus ulls clars, lluminosos, i va conèixer que alguna cosa m'amoïnava. Per això, potser, em va dir:

—Tinc una idea, Alexandre. Vols que t'hi acompanyi?

El cel se'm va obrir de bat a bat. No li va caldre cap resposta, en va tenir prou amb el somrís que m'anava d'orella a orella.

—De segur que aquest cap de setmana trobaré una estona per poder-t'hi acompanyar. No, millor aquesta tarda. Sí, avui acabo aviat. Hi anirem tots dos. Abans hauré de lligar alguns caps, perquè tot això és molt irregular i, en la mesura que sigui possible, hem de fer les coses ben fetes.

Tornaria al palau, a casa meva. Era una porqueria, ja ho sé, però... què voleu! Era el meu aixopluc.

La Irene em va demanar que fos molt discret. De fet, semblava que el que anàvem a fer no era competència d'ella i que es podia ficar en un embolic. D'altra banda, sabia que els tràmits anaven molt a poc a poc i que per això s'havia decidit.

Jo em preguntava per què ho feia, la Irene, això d'ajudar-me. Vaig estar temptat de preguntar-li-ho més d'una vegada, però tenia por que en fer-ho es trenqués l'encís, s'ho rumiés i ja no em volgués ajudar.

Al cap d'un temps, però, quan sí que ho vaig fer, això de preguntar-li-ho, em va contestar que perquè li feia falta, que ella em necessitava a mi tant com jo a ella.

A la tarda, tal com havíem quedat, em va venir a buscar a casa. La Sole estava al cas de les nostres intencions, es veu que entre ella, la Irene i l'assistenta social s'havien posat d'acord sobre el que calia fer.

Era la primera vegada que pujava en un tot terreny. Vaig tenir una barreja estranya de gust i de temor, no sé per què. La Irene em va ajudar a posar-me el cinturó i en aquell moment em vaig sentir important.

—Quan sortim de Barcelona, agafaré la carretera de la costa. D'aquesta manera em serà més fàcil trobar casa teva.

—El palau —vaig aclarir una mica sorneguer.

—Això mateix —va somriure—. A veure... M'has dit que és entre Arenys i Sant Pol... a prop de la via del tren.

—Sí, al costat de la platja.

El tren... En anomenar-lo, vaig recordar com frisava la primera vegada que el pare i jo hi vam pujar junts. Va ser un moment màgic, sobretot quan es van tancar les portes i un xiulet va anunciar la seva marxa. Em vaig asseure al costat d'una finestra i crec que no en vaig desenganxar el nas fins que vam arribar a Barcelona, que era on ens dirigíem aquell dia.

Hi anàvem força vegades, a les estacions, a la que fos. El pare sabia que m'agradava veure el tràfec dels trens, l'anar i venir dels passatgers. A l'estiu, al llarg de tota la costa, s'omplia d'estrangers que venien a la recerca del sol, i a mi em feia gràcia observar-los. Mentre ho feia, el pare m'anava explicant un munt de coses.

«Aquest deu ser alemany. Fixa't, Alexandre, en els seus trets.» Aleshores ens hi acostàvem per si el sentíem parlar. I així confirmava la seva procedència. Puc assegurar que no s'equivocava mai. Enriolat, em transmetia part de les converses.

La imatge del port d'Arenys de Mar em va fer adonar que hauria d'estar atent per indicar l'indret a la Irene.

—Som a prop. Hauríem de deixar el cotxe —li vaig suggerir, molt nerviós.

—Buscaré un lloc per aparcar i ens hi acostarem caminant. Després, si cal, ja tornarem amb el cotxe. Ho dic per si hem de carregar alguna cosa.

Vaig assentir en silenci.

La Irene va deixar el cotxe a la vora de la platja. Allà també n'hi havia força, de cotxes. Em semblava que tothom ens havia de descobrir, tenia la sensació d'estar fent una malifeta. I la feia. Jo era un traïdor que havia estat deslleial al rei.

De fet, les meves temences eren absurdes. La veritat era que semblàvem una mare i un fill que passejaven prop de la platja. Per uns moments em vaig deixar portar per aquesta idea; m'agradava pensar que tenia una mare. I alhora, per primera vegada em vaig sentit envaït per la il·lusió i el temor que potser jo també en tenia, que la reina Fortuna existia en algun lloc. Si més no, va existir algun dia.

Tenia moltes ganes de veure en Vador. De segur que ell també devia saber del meu pare. Temia, però, que s'espantés en veure'm acompanyat, que es malfiés i no ens volgués ajudar.

—Jo et segueixo, tu m'indiques el camí —em va dir la Irene, que semblava contenta de ser allà. Amb mi.

I jo al seu costat em sentia segur, no tenia cap por.

Havíem de creuar la via del tren i ho vam fer per un passadís subterrani per on passava molta gent que anava a la platja. Vam caminar una mica travessant uns canyars i ens vam endinsar per un camí. Arribats en aquest punt, vaig indicar a la Irene que abaixés el cap, ja que es podia donar un cop. Torçant cap a la dreta, ens vam ficar per un caminoi petit, estret, que gairebé no ho era, de camí, de tants esbarzers i males herbes com hi creixien. El pare deia que ja estava bé d'aquesta manera, que així ens protegíem dels enemics.

—No falta gaire —i mentre ho deia una suor freda de neguit i impaciència em va banyar el cos.

—Ja teníeu un bon amagatall, ja... —va comentar la Irene, que en aquell moment no semblava tenir-les totes.

—T'ho hauria d'haver dit..., que et posessis sabates còmodes.

Les sandàlies de tiretes de la Irene no li protegien els peus, que se li devien punxar amb els esbarzers. Sense la bata blanca, amb texans i una samarreta, no ho sé, la Irene no semblava ella.

—Ja hi som. Aquest és el meu palau.

Estava buit. Jo no parava de mirar els ulls de la Irene. M'interessava saber què pensava.

Ben aviat ho va veure tot. El «palau» es reduïa a una simple estança on es compartia menjador, cuina i habitació de dormir. De bany no en teníem, no ens feia falta, millor dit no me n'havia fet fins aleshores. Anàvem al mar, tant si era hivern com si era estiu, ja us ho he dit; el pare insistia que l'aigua de mar era molt bona en tota època. A l'estiu m'agradava, però a l'hivern era un autèntic suplici. Ben pensat, potser per això es va posar malalt.

Tot d'una, vaig sentir com algú, darrere meu, pronunciava el meu nom.

Era en Vador.

Va aparèixer entre els canyars. I com era previsible es va quedar molt parat quan va veure que anava acompanyat. Vaig témer que se n'anés i per això em vaig afanyar a parlar.

—És... una amiga, és la Irene.

La Irene el va saludar tot allargant-li la mà. En Vador va deixar anar un soroll estrany i al cap d'un moment li va tornar el salut.

—Perdoni... no porto les mans netes i... per aquí no vénen gaires dames —va dir excusant-se, un cop es va haver recuperat de la sorpresa.

—He acompanyat l'Alexandre perquè reculli les seves coses —va dir la Irene amb molta desimboltura.

—No tindreu gaire feina, no.... I el teu pare, vailet, què fa? —va preguntar temorós en Vador. I jo vaig deixar que contestés la Irene:

—El pare del noi està... en coma. De moment està en estat estacionari. No sabem si es recuperarà.

—Recoi d'home... —va mussitar entre dents.

—I tu noi, què fas?

La Irene i jo vam posar-lo al cas de la situació. Al cap d'una estona, en Vador va abaixar la guàrdia i fins i tot va permetre que entréssim al seu cau. Val a dir que era pitjor que el nostre, ja que també era una cisterna vella, però una de les parets, a més, ja estava feta runa.

En Vador ens va convidar a seure damunt unes caixes velles de fusta que servien de cadira, i va encendre la seva pipa. No havia vist mai que en Vador mengés. Imagino que alguna cosa devia menjar, és clar, perquè si no s'hauria mort, però la veritat era que només el recordava fumant o bevent.

—Sabia que un dia o altre arribaria aquest moment. Jo ja havia avisat el teu pare... Recoi d'home! No n'he vist cap altre de tan tossut. Així que ara t'estàs en un centre d'acollida...

—Sí, mentre el seu pare no es recuperi, no es pot fer una altra cosa. Tret que trobéssim algú altre de la seva família.

En Vador, en sentir aquestes paraules, es mostrà realment incòmode.

—Només vull ajudar l'Alexandre —va continuar la Irene—. Si us plau, el nen té dret a saber qui és.

En Vador va acaronar la pipa i observà la Irene amb atenció.

Nosaltres dos, la Irene i jo, vull dir, esguardàvem atents, en silenci, esperant una resposta.

—Això que diu d'ajudar l'Alexandre està molt bé, però què coi hi pinta, vostè?

La Irene es va posar vermella com un tomàquet, la pregunta d'en Vador ens havia agafat per sorpresa.

—Sí, és clar, perdoni. Bé, de primer cal que em presenti millor: treballo al departament de psiquiatria i psicologia de l'hospital on està ingressat el pare de l'Alexandre. Tinc el nen a la meva consulta i...

La rialla sorneguera d'en Vador va fer que la Irene interrompés les seves explicacions.

—Perdoni, senyora, però a mi tot això de psicòlegs i psiquiatres... Vatua l'olla! Així que t'han pres per boig! Es creuen molt savis, vostès... Bé, disculpi, jo no sóc qui per ficar-me en la seva feina, però no vull que enredin més el xicot del que ja ho està.

Allò també em va fer mal. En Vador era conscient de les mentides que s'havia muntat el pare i no havia fet res per impedir-ho, almenys, això semblava.

—Si el pare de l'Alexandre mor, hem de preveure aquesta possibilitat, el noi quedarà sense cap lligam.

—Sap que sempre pot estar amb mi. No ha fet bé de portar-la aquí —va dir alhora que em mirava contrariat—. Sí, ja sé que no és el millor lloc per a un noi —va continuar—, però d'altra banda és el que ell coneix.

La Irene, però, semblava disposada a no deixar-se vèncer.

—L'Alexandre potser té més família. El noi té dret a conèixer-la.

Després d'un llarg rebuf, es va aixecar i es va dirigir cap a una caixa força gran que tenia en un racó. Encara recordo el dia que la va portar. Una caixa molt bonica de fusta. El pare deia que dins hi devia haver el tresor d'un pirata. En Vador, però, va dir que era l'envàs d'un cava de qualitat.

—Què és un cava? —vaig preguntar encuriosit.

I em van dir que era una beguda molt bona i que quan fos més gran en prendríem tots tres junts.

En Vador va obrir la caixa i en va treure un sobre gran, rebregat i molt atapeït.

—Té, noi, això és per a tu —em va dir mentre me'l donava—. El teu pare em va dir que t'ho donés només si passava alguna cosa extraordinària. Ho va fer el dia abans que el portés a l'hospital. Imagino que es devia sentir molt malament…

—Vador… vostè era amic seu, vostè deu saber alguna cosa. Qui és el pare del noi?

—Vaig prometre a un amic guardar el seu secret i així ho faré. D'altra banda, com que el que cal és ajudar el noi, per això li he donat aquesta documentació. I, tal com vostè ha dit, espero que l'ajudi.

—És clar, és clar… Però, vostè sap per què ha fet creure al noi que és un príncep i que ell és un rei?

—Només sé que el meu amic era un home dissortat, savi i erudit com pocs i… el millor dels amics.

La Irene tenia ganes de conèixer més detalls, i jo també, per què negar-ho, però en Vador no semblava disposat a parlar més del compte. El que em va dir a continuació, però, em va fer pensar durant molt de temps, de fet encara hi rumio.

—El teu pare, Alexandre, no volia que veiessis mai aquests papers. Aquest era el seu desig. El dia que me'ls va donar, però, em va dir que ho deixava a les meves mans, que sentia com la vida se li escapava. He intentat ser fidel als seus desitjos. D'altra banda, t'he vist créixer i he vist com has anat canviant, i ara penso que el teu pare s'equivocava. Ell no estava fet per a aquest món, tu sí. En alguns aspectes, saps molt més que la majoria de marrecs de la teva edat. Pots, doncs, decidir què fer. Això només et pertany a tu.

10

El guardià del tresor

De retorn cap a casa, abraçava el sobre que m'havia donat en Vador. L'agafava fort, molt, com si tingués por que, si no ho feia així, el podria perdre.

Estava frisós per obrir-lo i a la vegada no ho volia fer. En certa manera em feia por el que em podia trobar.

La Irene conduïa en silenci. Potser a ella li passava com a mi, que tenia els sentiments massa atapeïts per poder-hi afegir paraules. Al cap d'una estona, però, em vaig veure obligat a fer-la participar del que per a mi era un tresor.

—Si vols, ho podem mirar junts —li vaig dir, no sense recança.

—No. Mira-ho tu primer. Demà, a la consulta, si et sembla bé, ja m'ensenyaràs el que tu vulguis. Et recomano, això sí, que de moment no et desfacis de res. Qualsevol cosa, una fotografia, un carnet, una carta... pot ser interessant per esbrinar qui és el teu pare o qualsevol membre de la teva família.

Em vaig sentir molt alleujat, fins i tot crec que se'm va escapar un esbufec de descans. Em semblava mentida que la Irene em pogués entendre tan bé, que em llegís el pensament.

En arribar a casa —ja m'havia acostumat a anomenar així el centre d'acollida—, vaig vigilar que en Kilian no em veiés. Només per fer-me la punyeta, intentaria saber què hi havia dins del sobre. I això, de moment, era una cosa que havia de descobrir tot sol.

La Irene havia pujat fins al pis i parlava amb la Sole. Em vaig imaginar que li devia explicar la nostra visita al palau. El palau... a aquelles altures em semblava mentida que l'haguéssim pogut anomenar així.

—En Kilian no vindrà fins d'aquí a una hora. La seva àvia l'ha vingut a buscar i se n'han anat de compres. La Mar està estudiant a la seva habitació i la Judit és amb a mi a la cuina. Podràs estar tranquil —em confirmà un cop va haver acomiadat la Irene.

Li vaig donar les gràcies i me'n vaig anar a corre-cuita cap a la meva habitació. Vaig tancar la porta i ho vaig disposar tot de manera que no seria difícil dissimular què llegia, per si un cas entrava algú. Aniria traient el contingut del sobre, de mica en mica, sense estendre cap parada i amb una revista que tenia a mà el taparia, si calia. D'altra banda tampoc no era tan gran perquè no es pogués ocultar.

Vaig deixar el sobre damunt d'un petit escriptori que hi havia a l'habitació on en Kilian acostumava a fer els deures quan venia de l'escola. Jo no m'hi havia assegut mai. Encara que en cap ocasió ho haguéssim comentat, no ho sé, aquell lloc el considerava seu. Aquell dia, però, em vaig aprofitar de la seva absència per asseure'm còmodament a la cadira. Me'l vaig mirar força estona tancat, el sobre, sense obrir-lo. No trobava el moment, em semblava que abans havia de fer alguna mena de ritus o cerimònia perquè tot em sortís bé. Fins i tot em vaig senyar. Aquesta era una de les poques coses que sabia fer que no m'havia ensenyat el pare; ell no hi creia. M'ho havia ensenyat en Vador. Tot va passar un dia que li vaig preguntar per una creu que sempre portava penjada al coll. Llavors, el vell pirata em va explicar la història de Jesús.

A ell i a la reina Fortuna els vaig demanar ajut, pressentia que era un moment molt important per a mi.

El cor m'anava a cent per hora quan, per fi, el vaig obrir. Em vaig haver de servir d'una petita ganiveta, en Kilian deia que era un cúter i un dia em va fer la guitza amb allò força estona.

Amb un cop d'ull pretenia absorbir tot el que hi havia dins. Però amb la idea de no treure-ho tot de cop, era una mica difícil. De primer, els ulls se me'n van anar cap a les fotografies. En una hi havia un home i una dona fotografiats i vaig voler creure que eren el pare i la reina Fortuna. Era tal com m'havia explicat el pare que era ella: alta, molt prima, de cabells llargs, llisos i molt rossos. I sí, si la Fortuna tingués cara, aquesta seria la seva.

Ben aviat les vaig tenir vistes, les fotografies, no n'hi havia gaires. En algunes hi havia persones que no coneixia i ni em podia imaginar qui eren. Però les vaig mirar amb tanta intensitat que estava segur que si veia aquelles persones en algun lloc, les reconeixeria.

També hi havia cartes, papers amb dades i noms, coses que jo no sabia com catalogar. Ho volia llegir tot alhora, em sentia delerós per beure'm tot el contingut d'aquells papers. Era com un explorador quan acaba de trobar un tresor, que no sap quina peça valuosa agafar primer.

Aviat em va cridar l'atenció un nom que s'anava repetint de tant en tant: Anastasi Oliver Masdéu.

Era aquest, el nom del meu pare?

Anastasi Oliver. El nom em ressonava a l'oïda i se'm feia molt estrany de pensar que jo també em deia Oliver, que aquest també era el meu cognom. Em va agradar, això sí, potser perquè m'agraden les oliveres, i les olives.

No podia parar de remenar, i em delia per trobar el nom veritable de la reina Fortuna.

—Ei! Rei dels penjats! —vaig sentir com cridava en Kilian des del passadís trencant la meva intimitat.

D'una revolada, ho vaig desar tot dins del sobre i el vaig ficar al llit, sota els llençols. I m'hi vaig estirar al damunt fent veure que llegia la revista aquella que us havia dit. El cor em bategava molt de pressa quan va entrar el follet entremaliat.

—Salut! Oh, penjat dels penjats!

Vaig mussitar un «hola» escarransit i vaig continuar fent veure que llegia aquella revista de motos que no m'interessava gens. No m'esperava que arribés tan aviat, o potser era que m'havia passat el temps molt de pressa.

—Pareu taula! —va cridar la Sole des de la cuina.

I això em va fer pensar que sí, que, remenant pels records, el temps m'havia passat molt ràpid.

Recordo que gairebé no vaig sopar, era com si els budells se m'haguessin entortolligat a la panxa. Davant la insistència de la Sole, però, vaig menjar una mica d'arròs i un tros de peix.

Gairebé no vaig dormir fent de guardià del meu tresor. No tenia gens de son, però, i d'altra banda em volia adormir perquè pensava que així se'm farien més curtes les hores que em faltaven per anar a la consulta. Allà tindria més llibertat. Tenia ganes d'ensenyar-ho a la Irene. Ja llavors en tenia ganes, no em sabia greu que ella també ho volgués mirar. Al contrari, entre tots dos descobriríem què se n'havia fet, de la reina Fortuna i de la resta de la meva família. La meva família... encara em semblava mentida.

L'endemà vaig agafar una bossa de plàstic i hi vaig ficar el sobre preuat. La bossa, evidentment, no la deixava de petja.

—Què portes a la bossa? —em va preguntar la Mar.

Tenia por d'en Kilian, però ves per on va ser la Mar qui em va fer la temuda pregunta.

—No res... coses que he de portar a la doctora...

—El mapa del tresor que un dia va trobar el rei dels penjats!

En Kilian sempre trobava motiu i ocasió per riure's de mi. Aquella vegada, a més, ho havia encertat de ple.

I com sempre, la Sole va haver de posar pau.

No sé si m'ho semblava a mi, però aquell matí, a l'hospital, la Irene em feia esperar més que mai. No sé quantes vegades vaig comptar les rajoles que hi havia a la sala d'espera.

—Bon dia, Alexandre. De seguida estic per tu —va dir la Irene tot traient un moment el cap per la porta. En el salut vaig notar que ella també estava impacient per saber notícies.

Per fi, hi vaig poder entrar amb el meu tresor sota el braç.

Em va agradar que avisés la noia de recepció que no li passessin cap trucada. Em vaig sentir important, m'agradava ser el centre d'atenció en aquell moment.

De primer, li vaig ensenyar els papers on sortia el nom del pare.

La Irene se'ls va estar mirant amb molta atenció, en silenci, i jo em delia perquè fes algun comentari.

—Crec... Bé, crec que no hi ha cap dubte que aquesta és la identitat del teu pare: Anastasi Oliver Masdéu —va dir a la fi.

Amb una barreja de temor i entusiasme li anava ensenyant el contingut del que, durant tot aquell temps, havia guardat el pare. Les mans em tremolaven, sobretot quan vaig deixar damunt la taula la fotografia de la dona rossa, de la que jo creia que era la reina Fortuna.

—Crec que aquesta deu ser la meva mare.

La Irene l'observà amb atenció, amb pausa, recorrent amb la vista i amb minuciositat cadascun dels trets de la dona que somreia juganera mig asseguda damunt d'una roca, a la platja.

—Sense cap document que ens ho confirmi, no ho podrem assegurar del tot, però la veritat és que teniu força retirada. El mateix arc de les celles, la mateixa forma dels ulls, grans, vius. Mira, fixa-t'hi...

—Aquesta carta dirigida al meu pare sembla que l'hagi escrit aquesta dona.

Durant els primers moments era jo qui li anava mostrant el contingut, però després li vaig oferir tot amb el desig que la Irene pogués treure'n alguna cosa més.

—Caldria mirar-s'ho amb calma...

—Potser viu... —vaig dir de sobte en veure que ella tornava a mirar la fotografia de la reina Fortuna; jo ja no la podia anomenar d'una altra manera.

La Irene no es va veure amb cor de rebatre'm. Puc imaginar el meu aspecte de llavors: ulls oberts i plens d'esperança.

—És possible, Alexandre, és possible. O no... poden haver passat moltes coses i pot ser que aquesta dona no sigui la teva mare. Cal ser cauts i no precipitar-nos. Anirem a pams. De primer cal anar enregistrant totes les dades i comprovar-les. Sí, això és el que farem.

—Com si fóssim detectius —vaig aclarir entusiasmat.

—Això mateix, com si fóssim detectius.

11

L'HOME QUE NO PARLAVA

Em vaig treure un pes de sobre quan la Irene em va dir que ella es podia encarregar de guardar-m'ho tot. Em feia un no sé què no tenir-ho amb mi, però amb la Irene tot estaria més segur.

Ja me n'anava cap al vestíbul de l'hospital, a esperar que em vingués a recollir la Sole, quan em van cridar.

—Ja te'n vas, avui? Tan aviat?

En sentir la veu de la Nela, la infermera, vaig recordar, tot d'una, que no havia anat a veure el meu pare.

—No, no encara, només mirava una cosa... —vaig mentir sense saber què dir.

Vaig donar mitja volta i vaig pujar amb ascensor a la cinquena planta acompanyat per la Nela que, davant el mirall, aprofitava per amagar-se un ble de cabells sota la còfia. Mentre pujàvem, anava rumiant perquè me n'anava, perquè m'havia fugit del cap la idea d'anar-lo a visitar. Només feia dos dies que pujava delerós per veure si hi havia algun canvi i aquell dia...

No en tenia gens de ganes, potser per això, d'una manera involuntària, me n'havia oblidat. Aquesta era la veritat, no el volia veure. Per a mi, en aquells moments, era com si no en tingués, de pare, com si no n'hagués tingut mai. Això, és clar, ho pensava llavors perquè estava molt dolgut.

—Ara vindré, Alexandre —em va dir la Nela, que se'n va anar cap a la sala d'infermeres mentre jo em quedava davant del vidre aquell a través del qual podia veure el meu pare.

Era allà, el pare. Com sempre. Me'l mirava i no el coneixia. Aquell home que hi havia allà, que no parlava, que només vivia perquè estava connectat a una màquina, era per a mi com un desconegut. Se'm feia impossible que hagués estat tots aquells anys la meva única família.

—Anastasi Oliver Masdéu! —vaig dir en veu alta aprofitant que no hi havia ningú a prop. Podia veure la Nela, al final del passadís, que estava parlant amb una altra infermera de la planta. Tot i que no eren lluny, era difícil que em poguessin sentir.

No podia deixar de mirar-lo. Amb insistència. Aquell home no tenia res a veure amb el rei Albatros, el que m'havia criat.

De cop, la ràbia i la impotència es van apoderar de mi. Per què? Per què m'ho havia fet, això? Com era possible que m'hagués enganyat tant? I jo, per què havia estat tan enze que me l'havia cregut?

Vaig plorar a raig ennuegant-me amb els sanglots. Semblava mentida com llavors, en tan poc temps, havia plorat tant.

On era la noblesa d'aquell home? La que ell sempre m'havia inculcat, la que ell deia que havia de tenir un príncep? No hi veia cap rastre de noblesa, només era un fantasma i un mentider.

Oh! Com m'hauria agradat que em pogués sentir.

En Kilian tenia raó, jo era un fantasma, un pobre penjat.

—No és just, això que m'has fet! —vaig cridar.

No em podia aturar, era superior a les meves forces, en aquell moment era com un volcà en plena erupció.

—Desperta d'una vegada! Vull parlar amb tu! Vull que m'expliquis qui ets, qui sóc. Què ha estat de la meva mare? T'odio, saps! T'odio molt!

I com enfollit, vaig començar a donar cops al vidre amb molta fúria fins que va venir la Nela i va evitar que continués d'aquella manera. Ara em fa vergonya quan penso en aquell matí, carregat de còlera i d'impotència.

—Alexandre, si us plau, has de tenir confiança, en qualsevol moment el teu pare es pot recuperar. De fet, la seva salut ha experimentat una notable millora. Només cal que es recuperi de l'estat de coma.

Se'm va adreçar així, imagino, perquè com que no devia haver sentit prou bé què deia, es devia pensar que plorava per tenir el pare en aquell estat.

—Quan parlarà? Quan serà normal? —vaig preguntar rabiós.

—Això no ho podem saber mai, sempre és una sorpresa. Cal esperar que evolucioni bé. Has de tenir confiança.

En aquell moment només m'importava poder-li tirar per la cara que era un mentider, només volia que es posés bo per poder-li-ho dir.

—Ara torno, de seguida.

La Nela se'n va anar un moment, em va dir que anava a buscar un got d'aigua i jo em vaig quedar pensarós mirant el pare. Potser era millor que estigués així, que s'hi quedés per sempre, callat. Potser aquell havia estat el seu càstig per dir tantes mentides.

Oh! Quanta ràbia sentia!

Tanmateix, un sentiment de culpabilitat m'assetjà de sobte. No m'agradava pensar en totes aquelles coses. Creia que era dolent i en aquells moments em sentia incapaç de trobar una mica de consol.

Després, vaig pensar que potser el pare tenia algun motiu per obrar com ho havia fet. «Les persones sempre tenen un motiu, Alexandre», comentava sovint, i deia també que moltes vegades el que calia era saber escoltar.

Això, precisament, era el que tenia ganes de fer: escoltar-lo, saber quins eren els seus motius.

Em vaig beure d'un glop el got d'aigua que em va portar la Nela. Em va agafar la mà i, en aquell moment, vaig agrair el contacte i també que no em digués res, que no em fes preguntes. La vista se me'n va anar altre cop cap al pare, aquell Anastasi Oliver que jo no coneixia, aquell home amb el qual, d'altra banda, havia passat tants bons moments. Vaig pensar també que no era possible que m'hagués fet cap mala passada. Sabia que m'estimava, això ho tenia molt clar. Però... per què ho havia fet, això de bastir un món tan a la seva mida, tan increïble?

I més endavant? Què passaria? Si el meu pare tornava en si... me n'aniria amb ell?

No ho sé, si ho volia. No em creia amb ànim de resistir més mentides. És clar que potser, aleshores, el pare ja no en diria més, ja no tindria cap sentit.

En aquells moments només volia fer el que feien els altres nens i nenes: anar a escola, tenir amics, jugar amb la videoconsola... tenir una família... Això seria el més difícil d'aconseguir. O no. Pel que semblava, ja en tenia una, de família. O l'havia tingut i estava disposat a qualsevol cosa per descobrir-ho.

Per què? Per què? Per què?, ressonava aquesta pregunta i d'altres que se m'amuntegaven les unes amb les altres: què se n'havia fet, de la reina Fortuna? On era, ara? Qui era la meva família?

I jo? Qui era, jo? Un nen orfe. No. Pitjor. Perquè no sabia si la meva mare era morta o viva i el pare, aquell home que no parlava, era com si ho estigués, de mort.

Desperta't d'una vegada, mentider!, vaig desitjar.

O potser això d'estar allà quiet i mut també era una mentida! No m'hauria estranyat gens! Potser ho feia per no haver de donar-me cap explicació i poder continuar amb les seves il·lusions.

Què seria de mi?

—Hauries d'anar baixant, Alexandre, la Sole ja et deu estar esperant —em va dir la Nela, despertant-me de la meva confusió.

I allà el vaig deixar, amb els seus tubs, amb el seu silenci, esperant que es despertés algun dia perquè em pogués contestar totes les preguntes.

12

L'ASSISTENTA QUE N'ESTAVA TIPA

Aquella tarda, ni les provocacions d'en Kilian eren capaces de posar-me de mal humor, ni de treure'm de polleguera. Estava tan nerviós i content que tenia ganes de dir-ho a tothom.

A la Irene no li agradava que m'engresqués tant, em deia que havíem d'anar a poc a poc, que calia assegurar-se'n, però jo no podia evitar d'entusiasmar-me, de fer-me il·lusions. Pel que semblava existia una tal Elisabet Renom que s'havia casat amb un Anastasi Oliver Masdéu.

No us sembla fantàstic? A veure si no n'hi havia per entusiasmar-se!

Ja ho veia, ja, que la Irene em frenava, perquè no volia que m'emportés cap desengany, però no ho podia evitar, era superior a mi. Ella encara no m'ho hauria dit, fins que no ho hagués comprovat, però vaig sentir com ho explicava a la Sole, la Irene es pensava que jo era al bany i que no sentia la seva conversa. Però, què voleu! Ja hi havia agafat massa afecció, a això d'escoltar darrere les portes.

«Em sembla que ja sabem qui és la mare de l'Alexandre», va dir a la Sole. I no me'n vaig poder estar de sortir del meu amagatall i confessar que havia estat escoltant i que si us plau, que m'expliqués tot el que sabia.

Desitjava que vingués la Mar i poder-li-ho dir.

I tant que ho desitjava! Ella estava al cas del seguiment que feia la Irene i també hi estava interessada.

Quan va arribar, gairebé no vaig esperar que deixés les seves coses i li vaig dir que volia parlar amb ella, que tenia coses molt importants per explicar-li. Ella era la meva amiga, l'única. I en Kilian… bé, ja llavors, i a estones, també una mica.

—Saps? Tinc una mare… es diu Elisabet Renom. Això significa que jo em dic Alexandre Oliver Renom. Sona bé, oi?

—És una gran notícia.

—Sí, espero que sí. Encara que no ho sé… potser em passarà com a en Kilian, que la seva mare no vol saber res d'ell. No sé per què no ha intentat mai posar-se en contacte amb mi.

—Això no ho saps. Encara no coneixes què va passar. Pel que m'has explicat, tu i el teu pare heu viscut sempre amagats de tothom, no has anat ni a escola, no heu tingut casa ni adreça ni res de tot això. Ni que hagués volgut, no li hauria estat possible localitzar-vos.

On has vist que a les pàgines grogues surti: Príncep de les Maresmes o rei Albatros? —va dir enriolada.

Jo també vaig riure. Sí, la veritat és que era molt difícil descobrir el nostre amagatall. Ara penso que allò de les pàgines grogues la Mar m'ho va dir per treure importància a un tema que em feia patir. Ella sabia que tenia por que em passés com al follet.

Com si l'hagués invocat, va aparèixer en aquell moment, com sempre, de manera inoportuna.

—De què parleu, eh? Va, què és això d'anar amb secretets?

—Que sembla que se sap qui és la meva mare —vaig dir en un intent d'aclarir les coses i perquè callés com més aviat millor.

—Ah, sí? I on és?

—No ho sé, encara...

—Ha! Un altre passerell! Benvingut al club dels fills de mares fantasmes! Oh, rei dels penjats!

—No comencis, Kilian! No sabem res encara, només sap que la seva mare viu —va esbroncar-lo la Mar, i a mi em va agradar molt que també s'ho fes seu, que digués que no ho sabíem encara.

—Què vols? Les dones són així: pareixen i després, si els fas nosa, se't treuen de sobre com si res.

—Ets un bèstia! No tohom és així —li vaig dir, fastiguejat.

—Cert, algunes els llencen al contenidor. En això has tingut sort, majestat, a tu et van llençar a la platja.

La capacitat d'anar dient bretolades d'en Kilian era inesgotable, sobretot si el tema era del seu interès.

Estàvem en un diàleg impossible quan la Mar va sortir de la sala, imagino que per demanar la presència de la Sole abans que la conversa empitjorés.

En Kilian no parava de riure, era molt difícil que trobés aturador un cop havia començat.

—Si la trobes, la teva mare, serà pel carrer o en un bar de...

—Idiota! —vaig exclamar mentre li encolomava un bon cop de puny al mig dels morros que, almenys, per una estona, el va fer emmudir.— N'estic fart, de sentir-te. Potser sí que la meva és una fresca, potser sí que no em voldrà ni veure, que va deixar plantat el meu pare i es va allunyar de mi. Potser sí! Però vull saber d'ella, saps! Vull que m'ho digui a la cara, que no em vol! Aleshores faré creu i ratlla, però mentre això no passi, em fa il·lusió conèixer-la. Tinc il·lusió per saber-ne alguna cosa. I ni tu ni els teus comentaris enverinats no aconseguiran que em faci enrere!

En Kilian m'escoltava mentre es fregava el llavi superior, del qual sortia un regalim fi de sang:

—T'agrada compadir-te, eh! El pobre noi abandonat per sa mare! Mira noi, no em fas pena. Tens braços, tens cames i quan vols no ets idiota del tot. Llàstima que a vegades tinguis el cap de suro. Potser és perquè ets així que no et vol, perquè ets un ressentit.

En Kilian m'escoltava bocabadat mentre el llavi se li anava inflant de mica en mica. Llavors era jo qui no tenia aturador.

—Tinc una vida i la vull aprofitar, ja sigui sent el Príncep de les Maresmes o el rei dels penjats. Tant se me'n dóna! I tu, tu hauries de fer el mateix, tros de soca!

Ni m'havia adonat que la Sole era allà, palplantada al bell mig de la porta, escoltant-me. Estava acostumada a sentir en Kilian, però a mi mai no m'havia vist d'aquella manera, tan exaltat i tan convençut del que deia.

Imagino que la vaig sorprendre i per això, en aquell moment, no em va dir gairebé res, només que ja n'estava tipa, de nosaltres, i que no hi havia dret que no poguéssim mantenir una bona convivència.

Aquell dia, em va tocar a mi rentar els plats.

13

La dissenyadora de moda

Havia passat una setmana d'ençà de la batussa que havia tingut amb en Kilian i des de llavors, no ho sé, però imagino que li devien fer efecte les meves paraules, perquè em va deixar tranquil. Ell continuava fent les bajanades a què ja estàvem acostumats, això sí, no ho podia evitar.

Aquella tarda mateix, per exemple, quan va arribar de l'escola, se la va passar escopint abocat a la finestra que donava al carrer. Des del primer pis on érem, intentava encertar amb les seves escopinades el personal que passava per la vorera. El molt porc tenia una habilitat extraordinària per encertar el cap dels pobres vianants.

—Sóc massa, tu! Acabo de tocar de ple la closca d'un calb!

La gràcia era amagar-se a corre-cuita després del llançament i evitar que el veiessin. Semblava que busqués que algú li fes una cara nova. I potser li haurien fet un favor, la veritat.

No us he dit que ja no hi quedava cap petita, a casa. La Judit també se n'havia anat, una família l'havia acollida i, pel que havia explicat la Sole, semblava que hi havia possibilitats que l'adoptessin d'una manera definitiva en cas que els pares no se'n poguessin fer càrrec. Si de la nena depenia, no hi hauria cap problema, era una criatura que tothom hauria volgut per filla.

Això em va fer pensar que potser em quedaria sol. En el cas, és clar, que a la fi la Mar tornés a casa se-va i en Kilian fos acceptat per la seva mare.

En vindrien d'altres, ja ho sé, però no seria el mateix.

El que us explicaré ara us deixarà de pedra, suposo, perquè això és el que em va passar a mi quan ho vaig saber. I això que la Irene, la meva detectiva privada, anava amb molt de compte d'explicar-m'ho tot i me n'assabentava a bocins. De fet, tothom pretenia protegir-me d'una veritat que em podia fer mal. I això era mentida, les veritats no fan mal. Bé, al principi potser sí, couen una mica, però el que de veritat fa una nafra difícil de guarir són els enganys.

No us vull avorrir explicant-vos tota la mena de gestions que durant aquells dies va fer la Irene, gestions que, d'altra banda, tampoc no sabria com reproduir-vos, perquè jo no sé com va encara tot això. I, a més, tot va ser molt ràpid. Molt. Semblava mentida el que es podia fer tenint només un nom i uns cognoms. Era molt espavilada, la Irene, ja ho crec que ho era!

La Irene havia esbrinat, mitjançant el col·legi de metges —ja us havia explicat que el meu pare era metge—, que un tal Anastasi Oliver Masdéu, després d'exercir una brillant carrera mèdica, va morir víctima d'un accident marítim. Aquell descobriment la va desconcertar del tot, perquè fins aleshores estava convençuda que el meu pare, el que era a l'hospital, era l'Anastasi Oliver Masdéu. Però una acta de defunció deia ben clar que era mort. En investigar la causa de l'accident, la Irene va saber que aquell Anastasi Oliver tenia un veler.

Permeteu-me un incís: quan vaig saber això, em va venir, com un aire sobtat, un bocí de record, d'un record molt perdut i llunyà en què jo, assegut als genolls del meu pare, em deixava acaronar pel vent de proa.

Els registres de la policia van confirmar a la Irene que un home i un nen de dos anys van morir víctimes de l'explosió d'un veler a les aigües de Sant Pol de Mar. El veler va quedar desfet i van trobar les restes de dos cossos humans. La vídua de l'Anastasi Oliver i mare del nen, l'Elisabet Renom, va ratificar que eren ells.

Ja ho veieu. En Kilian tenia raó, jo era un fantasma, un fantasma de veritat perquè estava mort.

I el meu pare també ho era, i tant que ho era!

Sabia també que l'Elisabet Renom era la meva mare, sí, que vivia i que, segons semblava, feia anys havia demanat el divorci del meu pare i confirmat la nostra mort. Tot era molt confús, no entenia gairebé res i em sentia com engolit pels esdeveniments, com si de veritat aquella mar, la de Sant Pol, se m'hagués empassat.

D'allò no en vaig dir res a en Kilian. Imagineu-vos la gresca que hauria fet! Jo era un mort, un mort de veritat!

Però el destí semblava que encara em tenia preparades força sorpreses. El que no m'hauria imaginat, i molt menys aquell capvespre, era el que va passar.

Estàvem a punt de sopar quan la Irene es va presentar a casa, així de sobte. Només calia veure-li la cara per deduir que en passava alguna de grossa.

I ja ho crec que ho era, de gros, el que passava! Ens va dir que venia acompanyada i acte seguit va creuar el llindar una dona. En veure-la, vaig saber de seguida qui era, no calia que m'ho digués ningú. De segur que vosaltres també ho heu endevinat. Sí, era la reina Fortuna.

La Irene la va presentar, va dir que era la senyora Elisabet Renom, la meva mare. A mi, però, ja us he dit que no em feia falta que me la presentés, sobretot quan la vaig mirar als ulls.

Aquella mateixa tarda, la Irene, un cop va haver trobat l'adreça de la reina Fortuna, encara se'm feia estrany dir-li Elisabet o mama, va concertar una entrevista amb ella i bé... ja ho veieu, temps li va faltar per venir-me a veure.

Nos ens vam dir res. Només ens vam fondre en una abraçada. Al cap d'un moment els seus sanglots i els meus es van barrejar en un de sol. Recordo que la reina Fortuna anava mussitant paraules de les quals només recordo aquestes:

—Ets un regal, un regal del cel...

Em vaig quedar mut com un totxo.

Durant els dies anteriors havia imaginat tantes vegades com seria el nostre encontre, què li diria. I llavors em vaig quedar com un estaquirot, sense poder articular paraula.

De reüll no vaig poder evitar d'observar en Kilian. Em sabia greu, de debò m'hauria agradat que la seva mare fes el mateix, que aparegués de sobte i li digués que l'estimava. La Sole va suggerir que anéssim a la meva habitació, que així podríem parlar tranquils.

—Bé, jo ja me'n puc anar, ens veurem demà a l'hospital. Caldrà arreglar un munt de paperassa... —va dir la Irene.

—Gràcies... gràcies per tot. Demà al matí aniré a l'hospital —va dir la meva mare.

La meva mare... Se m'omplia la boca en pronunciar aquestes quatre lletres: MARE.

Jo encara no havia sortit del meu astorament. No sabia què fer, tenia ganes de fer-li petons i alhora em feia molta vergonya, volia dir paraules agradables, però la llengua se'm quedava travada. Ella, en canvi, no parava de parlar i, en tan poc temps, de demostrar-me afecte.

—Oh! Déu meu, com has crescut! I pensar que m'he perdut tots aquests anys... Déu meu, és... és increïble...

Tenia moltes ganes de preguntar-li moltes coses, què havia passat, per què es volia divorciar del meu pare, per què va dir que érem nosaltres, aquells morts...

Us preguntareu per què no li ho deia, és clar, a mi em passaria el mateix. La veritat era que no ho sabia. De segur que m'enteneu, no volia espatllar res, no volia que pensés que era un nen pesat, com en Kilian, que sempre deia les coses en el moment més inoportú.

Vam estar tota la nit parlant, de primer no d'aquestes coses que li volia preguntar, però sí del que havia fet, de com havia estat la meva vida durant tots aquells anys. De la seva banda, em va dir que era dissenyadora de moda, que dibuixava vestits que després els modistes transformaven en roba.

No vam estar tota l'estona a la meva habitació. No. Quan la Sole, la Mar i en Kilian van haver sopat, nosaltres, la mare i jo, vam tornar a la sala d'estar. La Sole ens va deixar galetes i taronjada, va dir que havíem de menjar alguna cosa. Ni ho vam tocar, les hores van passar tan de pressa que ni ens vam adonar que es feia de dia.

Abans, però, quan encara era de nit, la mare va fer un truc des del seu mòbil i va dir a algú que no patís, que se n'anés a dormir, que tot anava molt bé.

—Em vaig casar —em va dir quan va acabar de fer la trucada— amb un altre home. Estava convençuda que el teu pare i tu estàveu ben morts. No vaig voler tenir cap més fill. La idea de tornar-lo a perdre se'm feia massa dura per poder-la resistir. Aquesta tarda, quan he sentit el que m'explicava la doctora, creia que era una mena de broma pesada, un xantatge o vés a saber què...

Era el moment de fer una de les preguntes que més m'inquietaven.

—Per què vas dir que érem nosaltres, aquells morts?

—Oh! Ara, és clar, em sembla impossible, però el veler... el *Reina Fortuna* va explotar, no em preguntis la causa, perquè ningú no me la saber dir del cert. La qüestió és que només es van trobar dos cossos calcinats. Els vostres, millor dit, els que jo vaig creure que eren vostres. La veritat era que no tenia gaires ganes de comprovar-ne els detalls. En vaig tenir prou de veure enmig d'uns cossos destrossats restes de les vostres robes, el rellotge al canell d'en Tasi, la cadena i la creu d'or que t'havia regalat l'àvia...

Després d'uns moments de silenci, la mare s'havia quedat sense veu, em va dir:

—És clar que haurem d'esperar que el teu pare es recuperi i ens expliqui alguna cosa més, per què va voler que us consideressin morts.

No li ho vaig dir encara, però sabia qui en podia saber alguna cosa més, de tot el que va passar: en Vador.

14

El pare que estimava massa

Quan es va aixecar, la Sole no es va sorprendre gens de trobar-nos encara asseguts al sofà aquell que rascava de la sala d'estar.

—Farem un bon esmorzar —va comentar sol·lícita. I la mare i jo la vam ajudar a preparar-lo. Recordo que va ser una de les vegades que he menjat més de gust. Xocolata desfeta amb xurros, xurros d'aquells congelats que la Sole guardava per a alguna ocasió especial.

La xocolata era diferent a la que estava acostumat que fes el pare. La que ell feia tenia un sabor més fort: «la xocolata, com més negra millor», deia sempre. La Mar i en Kilian també s'hi van apuntar, i com que ens ho van preguntar, els vam explicar, breument, el que havia passat.

En acabar d'esmorzar, ens en vam anar tot seguit cap a l'hospital. La mare va dir que havíem d'arreglar la nostra situació com més aviat millor i que calia parlar amb la Irene, que així era com havien quedat.

En sortir de l'edifici vaig mirar instintivament cap a dalt, cap a la finestra. Vaig témer que en Kilian ens obsequiés amb un dels seus projectils salivístics. Em va agradar equivocar-me. Hi era, sí, però ens feia un salut amistós amb la mà.

Vam anar a l'hospital en taxi. Durant el trajecte, la mare em va agafar la mà i així vam continuar fins que vam arribar al despatx de la Irene. Potser era una mica gran per anar agafant la mà d'algú, però tant se me'n donava, em feia sentir bé.

La Irene ja ens estava esperant quan vam arribar. Es veia molt contenta i feinera disposant un munt de coses que calia fer. La mare, més atabalada, l'anava seguint en tot el que deia i estava disposada a donar les explicacions que fessin falta.

Jo estava delerós de saber, de comprendre què havia passat, què havia motivat que el pare actués com ho havia fet. «Les persones sempre tenen un motiu, Alexandre», recordava. Però per més que ho intentava, no arribava a comprendre quins eren els que ell havia tingut.

La mare i la Irene intentaven refer el que podia haver passat.

—Encara em sembla mentida tot el que ha passat, me'n faig creus, és una situació per a mi del tot incomprensible —deia la mare, preocupada.

—Sí, realment ho és. El que és cert és que durant aquest temps han restat sota l'anonimat, lluny de tothom, amagats sense nom, sense casa... —va confirmar la Irene.

—Déu meu, com els més pobres dels indigents...

Vaig estar a punt de protestar per aquella afirmació de la mare. No era el que ella es pensava, però, és clar, ja tindria temps d'explicar-li que durant força anys jo vaig ser el Príncep de les Maresmes. En això, la Irene se'm va avançar.

—No és ben bé així, Elisabet; l'Alexandre ha viscut una vida diferent, estranya si vols, però el més indispensable no li ha faltat mai, el seu pare es va preocupar que fos així...

—I tot això que em vas explicar ahir a la tarda... Com és possible que li fes creure que era un príncep? Oh! Senyor, és boig! —es queixava la mare.

—Potser sí, el que és cert és que, malgrat tot, l'Alexandre té un nivell de coneixements força alt en algunes matèries, fins i tot supera els nois i les noies de la seva edat, no en totes, és clar, perquè la manca d'escolarització ha estat important, però...

De mica en mica, la reina Fortuna s'anava assabentant de com havia estat la meva vida durant aquells anys.

Havia de reconèixer que el meu pare era únic fent les coses, tant les que estaven bé com les que no. Tothom se'n va lluny quan vol amagar-se d'algú altre, i ell, en canvi, gairebé no es va moure del lloc on havia desaparegut.

—És difícil de saber els seus motius i més sense poder parlar amb ell, però imagino que devien ser molt poderosos —va comentar la Irene.

La mare es va quedar meditant uns instants, com si remenés pel passat alguna justificació que pogués explicar l'actitud del pare. I ens va dir que volia que escoltéssim la seva història, el que ella sabia.

«L'Anastasi i jo vam ser feliços durant algun temps. Molt. Tots dos sabíem, però, no en sé els motius, que aquella felicitat era fugissera, com un cristall fràgil que quan menys ens esperéssim s'esmicolaria en mil bocins.

»Al cap d'un temps, l'Anastasi va anar canviant, els seus hàbits, les seves afeccions... La seva conducta es va alterar i els canvis d'humor eren freqüents. De primer, ho vaig atribuir a un excés de feina, però cada vegada la convivència se'm feia més difícil. Amb això ja feia tres anys que ens havíem casat i acabava de néixer l'Alexandre.

»Com que no demostrava cap mena de millora, després de la meva insistència, tot i que a contracor, va accedir a consultar un especialista que d'altra banda era amic seu. El diagnòstic del metge no va ser gaire encoratjador, em va dir que mostrava una patologia obsessiva agreujada per una depressió. Vaig confiar que el tractament al qual es va sotmetre faria un efecte positiu, però al contrari, la situació va empitjorar.

»De cop i volta el seu amor per mi —no en tenia cap dubte, que m'estimava— va enfollir. Em va batejar com la reina Fortuna i em va dir que sempre estaria amb ell. Em volia constantment al seu costat d'una manera malaltissa, no volia que sortís de casa, ni per anar treballar, ni que parlés amb ningú, ni tan sols per telèfon... I vaig començar a tenir-li por. El pitjor era que amb el nen feia el mateix. Amb tot això, és clar, el seu rendiment a la feina es va ressentir. Fins llavors, aquesta era una qüestió que encara havia controlat.

»Vaig pensar que el millor que podíem fer era separar-nos, tot i que jo pensava continuar cuidant-lo. Jo me l'estimava. I en Tasi, a més, no tenia ni pares ni germans, tan sols família llunyana. Així doncs, vaig fer la demanda de divorci, temia que empitjorés, però no podia fer una altra cosa, ho havia de fer pel nen. I, tal vegada, potser això el faria reaccionar.

»El jutge ho va tenir molt clar: la custòdia del nen era meva i el pare només tenia dret a unes visites temporals, les estipulades per la llei, almenys mentre els metges no fessin un diagnòstic més positiu.

»Durant aquell any que vam estar separats, es va refer. Semblava més calmat, gairebé tornava a ser l'Anastasi que jo havia conegut: tendre i atent, fins i tot vaig arribar a pensar que tal vegada jo m'havia equivocat i que l'havia jutjat massa durament. L'Alexandre ja tenia dos anys i a mi em sabia greu que creixés sense pare.

»Per això aquell estiu, de tant en tant, accedia a anar amb el nen a navegar a bord del veler que havia comprat en Tasi; a ell sempre li havia agradat tenir-ne un. Em vaig deixar emportar pel miratge i pel record de l'amor que ens havíem tingut; jo me l'estimava encara, de veritat, i li vaig deixar el nen un dia que jo, per raons de feina, no vaig poder anar amb ells. Oh, Déu meu, la de vegades que me n'he penedit! No m'ho podré perdonar mai, perquè llavors va passar allò de l'accident.

A la mare li costava de parlar i va fer una pausa que la Irene va aprofitar per oferir-li un te amb llimona.

—No et pots sentir culpable d'haver-li deixat el nen, Elisabet, potser en aquelles circumstàncies no era el més prudent, però d'altra banda, era el seu pare.

—No m'ho podia creure, quan m'ho van dir. I després... els cossos trossejats amb el rellotge i la cadena... Era un parany, és clar, però aleshores m'ho vaig creure. Oh, Déu meu!, va ser una altra badada. Primer vaig deixar el nen a en Tasi i després no vaig comprovar seriosament si eren ells.

—Pensa que qualsevol en el teu cas hauria fet el mateix, ha de ser horrible veure en aquest estat les persones que estimes.

La Irene ens va dir que semblava evident que el meu pare havia simulat la nostra desaparició, i llavors va ser quan la mare va demanar per veure'l.

A mi, se'm feia estrany visitar el rei Albatros al costat de la reina Fortuna.

La mare es va quedar molt parada quan el va veure allà, immòbil, connectat a la màquina. Jo, és clar, ja hi estava acostumat.

—Estàs molt enfadada amb ell, oi? —li vaig preguntar.

—No ho sé, la veritat. Em sento estranya. Sí, sí, d'una banda sí que ho estic, d'enfadada. Molt. Però també ho estic amb mi; hauria d'haver portat les coses d'una altra manera i, si no m'hagués separat d'ell, no t'hauria perdut. Tot i així, Alexandre, el que has de tenir molt clar, és que el pare va fer tot això perquè no podia suportar viure sense tu, t'estimava massa.

15

El mariner que guardava un secret

Vaig anar a viure amb la mare i el seu marit, en Santi. Vam tenir sort, tots dos ens vam caure bé des del primer moment; semblava content, a més, de tenir-me amb ells. De la meva banda li vaig deixar clar, i des d'un bon començament, que mai no seria el meu pare. Malgrat tot, jo ja en tenia un: el rei Albatros, aquell home que encara estava connectat a una màquina i que no parlava. En Santi així ho va entendre i per això encara som amics.

Al cap d'un mes, quan ja m'havia acostumat a la meva nova vida —no costa gaire acostumar-se a les coses bones—, a la mare i a mi ens continuava pesant el dubte de saber, ben bé, per què el pare havia pres aquella decisió. Semblava obvi, però no era el mateix intuir-ho que saber-ho del cert. A la mare, sobretot, la turmentava la idea que el que havia estat el seu marit li hagués negat el seu fill. Va ser llavors quan li vaig suggerir que en Vador, l'home que havia possibilitat indirectament el nostre encontre, era molt fàcil que en sabés alguna cosa més. I la mare va decidir que l'havíem d'anar a veure.

Aquesta vegada vam ser nosaltres els qui el vam sorprendre. S'havia instal·lat al palau, al meu. Era lògic, el nostre habitacle, almenys, tenia les quatre parets senceres. Em va dir, però, que aquell lloc sempre el consideraria de la meva propietat.

Va quedar molt desconcertat quan li vaig dir que la dona que m'acompanyava era la meva mare.

—Sempre em vaig pensar que era morta, la reina Fortuna —va afirmar. I semblava sincer en les seves paraules. Aleshores, ens va convidar a seure a les caixes de fusta.

Somreia internament pensant que si en Kilian l'hagués sentit, hauria opinat que érem una família de fantasmes.

En Vador va preguntar pel pare i li vam explicar que semblava lluny de recuperar-se, tot i que un estat de coma sempre era imprevisible.

La mare estava neguitosa, imagino que la incomodava el fet que en Vador pensés que ella ja no existia.

—No el voldríem molestar, però si us plau, digui'ns tot el que sàpiga. És important per a nosaltres —li va demanar, quasi suplicant, la mare.

En Vador va encendre lentament la seva pipa i ens va observar atentament, sobretot la mare.

I de segur que això encara la va mortificar més.

—Bé, suposo que ara que estàs a bon recer i en l'estat en què es troba el teu pare, no té cap sentit callar, encara que no és gran cosa el que us puc dir. Era un home callat, en Tasi, tot i que ell sempre volia que li digués rei Albatros.

—Si us plau, només volem que ens digui el que sap, res més —va insistir la mare.

En Vador va deixar anar unes quantes glopades de fum, lentament i parsimoniosa, i tot seguit em va explicar la seva història. Dic que em va explicar, perquè, a estones, parlava com si la mare no hi fos present.

«Quan jo vaig decidir d'arrelar aquí, el teu pare ja hi era. Jo, llavors, ja em sentia cansat per navegar per aquests mars de Déu. Encara no era vell, però era un home que havia viscut massa i amb molta intensitat. A més, havia perdut les meves possessions, una juguesca se m'havia endut la barca pesquera —ara només em queda la petita, la que tu coneixes— i res em lligava amb la mar que m'havia donat tan mala vida. Però un mariner com jo, avesat a lluir la pell salada i a entomar les flaires marineres, no podia ser gaire lluny del mar. Però, perdoneu, no és de mi de qui voleu sentir parlar... Tot ha vingut per això que et deia abans, Alexandre, que quan vaig ancorar aquí, el teu pare ja hi era. Em va sorprendre que visqués amb un nen petit, llavors devies tenir uns tres anys i eres un nen sa i eixerit.

»Al teu pare li va costar que féssim amistat i molt més que intiméssim. D'altra banda a mi ja m'estava bé, tant ell com jo som homes de poques paraules. Però amb el temps i amb tu pel mig, sempre anantme al davant i al darrere, el teu pare devia pensar que, al capdavall, no seria dolent mantenir un bon veïnatge.

»Jo no li preguntava mai què feia, això no era de la meva incumbència, però, de mica en mica, em vaig anar assabentant que era metge i que sabia fer un munt de feines. Se'm feia estrany, però, que un home d'estudis hagués escollit aquella mena de vida per a ell i més encara per al seu fill. Em va sorprendre, t'ho he de dir, que expliqués històries estranyes, com sortides d'un llibre de contes. Però jo no era ningú per jutjarlo, ja que la meva vida també havia estat digna d'una novel·la.

»Al cap d'un temps, quan ja devien haver passat uns dos anys, em vaig adonar que alguna cosa el rosegava, que no havia escollit viure d'aquella manera només perquè odiés la rutina, els horaris i tots els entrebancs de la civilització. Hi havia alguna cosa més. El que era clar és que en algun moment hi havia hagut alguna dona, una dona que per a ell havia estat important. Jo no li havia preguntat mai per la mare del nen, les dones eren un tema relliscós per a mi, tema que, d'altra banda, estava dat i beneït, massa problemes havia tingut amb les faldilles per interessar-me per les d'un altre home.

Mentre escoltàvem en Vador, la mare i jo encreuàvem mirades de complicitat. De sobte, aquells anys que havíem estat separats semblaven desaparèixer.

«...Un capvespre va venir molt content perquè li havien pagat força bé una feina que havia fet. Em va dir que ho havíem de celebrar, que amb el que havia guanyat no li caldria treballar durant uns mesos. Ell ja ho feia, això, treballava a temporades, quan calia, i quan no, es deixava portar pel compàs del temps.

»Com us deia, aquell dia que va venir tot eixerit, va portar cava. Recoi que n'era, de bo! Mireu... encara en guardo la caixa...

Sí, era la caixa aquella, on el pare em deia que hi havia hagut el tresor d'un pirata... Ben pensat, sí que hi havia un tresor, ja ho crec que sí!

«...I, ja se sap que l'alcohol afluixa la llengua i la deixa lleugera perquè digui coses que, en altres circumstàncies, es callarien. Va ser llavors que per primera vegada em va parlar de la reina Fortuna.»

—Què li va dir, de mi? —no es va poder estar de preguntar la mare.

En Vador continuava el seu relat ignorant-la, com si la reina Fortuna i la meva mare no fossin la mateixa persona.

«...Era molt clar que l'amor que havia sentit per aquella reina Fortuna era molt fort i que li havia fet mal. Tot i que no m'ho va dir, vaig deduir que ella l'havia deixat i que posteriorment va morir. Això sí que m'ho va dir, que havia mort vull dir, i sempre parlava d'ella en passat. Ara, si ho penso bé, el que em volia dir era que la reina Fortuna havia mort dins el seu cor.

»El que em va dir després em va sorprendre de debò, ja que jo tenia el rei Albatros —mai no em va dir el seu veritable nom ni jo l'hi vaig preguntar— per un home tranquil. Entre glopada i glopada de cava, em va dir que estava brindant amb un mort, que sí, que sí, que no em prenia el pèl, que un bon dia va decidir de desaparèixer del mapa. Em va estar explicant que desitjava una vida feliç per al seu fill, una vida lliure d'esclavatges i que per això va simular la seva mort i la del seu fill i va fer volar el veler. Tot i la dificultat, aprofitant-se de la seva condició de metge, va poder aconseguir uns trossos de cadàvers —reia molt quan m'explicava això— de l'hospital on treballava. Li va saber greu provocar l'explosió del *Reina Fortuna*, perquè estimava molt aquell veler, però encara estimava més la seva llibertat.

La mare i jo ens vam tornar a mirar: ara, confirmat per en Vador, ja no teníem cap dubte del que havia passat.

«... A trenc d'alba, ja molt borratxo, em va fer prometre que li guardaria el secret, que ell i el seu fill eren morts per a la resta del món. El vaig entendre, en certa manera jo també havia escollit aquell destí, jo també havia desaparegut. I, d'altra banda, no em va ser difícil de complir la promesa, perquè ningú mai no va preguntar pel rei Albatros ni pel Príncep de les Maresmes...»

—I no li va passar mai pel cap que el nen podia tenir família? Ja no dic la mare que, pel que sembla, vostè donava per morta i enterrada, però... i els avis, o uns oncles, o uns amics? Els meus pares van plorar la mort d'un nét, sap? I el pitjor és que ja no viuen per poder celebrar que és viu... Què me'n diu, d'això?

En Vador es va quedar en silenci, pensarós, observant com la mare, dolguda i enfadada, es mocava i s'eixugava les llàgrimes, sentides.

Jo no estava enfadat amb en Vador, però em sentia trist i confús. M'hauria agradat conèixer els avis.

—Em sembla que ja no tenim res més a escoltar... anem-nos-en, Alexandre... —va dir la mare aixecant-se decidida.

—Si us plau, no se'n vagin encara, no he acabat —va demanar en Vador agafant la mare pel canell.

La mare, una mica més calmada, va tornar a seure i jo, que encara no m'havia aixecat, vaig quedar-me molt quiet, expectant.

—Perdoni, de veritat que ho sento, senyora...

—Elisabet Renom.

—Elisabet... al capdavall, és nom de reina... Repeteixo que em sap greu, no era la meva intenció perjudicar ningú. D'altra banda, jo havia fet una promesa a un amic. Li ho devia, ell m'havia ajudat a passar molts mals tràngols, no es pot arribar a imaginar com pot ser d'útil tenir un metge a prop... Seré breu, si us plau, escolti'm, és necessari que sàpiga el que li vull explicar.

Llavors, en canvi, parlava com si jo no hi fos.

«A mesura que va anar passant el temps i l'Alexandre s'anava fent gran, el meu amic s'anava tornant més esquerp i sovint s'enfadava amb el nano quan aquest, com era molt natural, demanava de fer el que feien els altres de la seva edat. L'Alexandre, per ell mateix, va anar descobrint el món, un món que el seu pare li havia volgut ocultar.

»Fa cosa d'un any, la seva conducta era cada cop més estrafolària i força vegades era víctima de deliris que patia mentre somiava. Ja llavors vaig pensar que no estava bé. Això es va anar confirmant, ja que cada dia que passava tenia més manies, més obsessions. Deia que li volien prendre el nen, que vindrien del regne de la reina Fortuna a buscar-lo i que ell no permetria que el convertissin en un esclau i... coses així. Vaig témer per l'Alexandre, perquè ja s'adonava del que passava i patia per no trobar-hi una explicació. Havia intentat força vegades de fer-lo entrar en raó, però era inútil. I quan vaig voler explicar-li-ho tot, a l'Alexandre, almenys el que jo sabia, va ser llavors quan el seu pare va emmalaltir de debò.

»El dia abans que jo el portés a l'hospital, quan em va donar el sobre perquè l'hi guardés, em va dir —i això vull que ho sàpiga, senyora— que volia que el perdonés, que l'estimava, que l'estimava molt. Jo, és clar, vaig pensar que les seves paraules eren fruit d'un deliri febrós. La resta ja la coneixeu...

Sí, això semblava, perquè si alguna altra cosa he après, també, és que les històries poden tenir molts vessants, que tot depèn de quan, de com i de qui te les expliqui.

Ens vam acomiadar d'en Vador, el vell pirata, i no vaig poder reprimir una pena que m'oprimia el pit i no em deixava respirar bé. Sabia que mai més no tornaria al palau, que ja mai més no seria el Príncep de les Maresmes.

EPÍLEG

Ara ja em podeu jutjar. Ja us he dit tot el que calia. Només em resta acomiadar-me. Abans, però, de segur que us agradarà saber què faig actualment i què se n'ha fet, d'alguns dels personatges que ens han acompanyat.

De mi us diré que continuo vivint amb la mare i en Santi, és clar, i que vaig a l'escola. Faig un curs menys del que és habitual per als de la meva edat, ja que en algunes matèries m'ha costat de reciclar-me. Això em fa recordar el que em deia el pare, quan m'afirmava que l'escola era un *rollo* i que els mestres eren uns pesats. Però, d'altra banda, tinc amics i, no ho sé, m'hi trobo bé.

Moltes vegades he pensat què hauria estat de mi, què seria de mi, si m'hagués deixat portar per les històries que m'explicava el pare. Potser seria feliç, qui ho sap. De fet, això és el que ell volia. Ara ja tinc quinze anys i s'han guarit les ferides que llavors em van fer tant de mal. Em va costar, per què enganyar-vos, de perdonar primer i de pair-ho després. Malgrat tot, penso que he estat molt afortunat, no tothom té l'oportunitat d'haver estat un príncep.

De tota manera, no patiu, que a l'escola no he dit mai que durant uns anys vaig ser el Príncep de les Maresmes. Tranquils, que me n'he guardat. Ja n'havia tingut prou amb en Kilian... Per cert, en Kilian, finalment, va anar a viure amb la seva àvia, que n'havia obtingut la custòdia. La seva mare semblava que era un cas incorregible i que era incapaç de fer-se càrrec del noi més d'una setmana seguida. Ara està més tranquil, tot i que continua amb el fastigós costum de fer concursos d'escopinades. Ens veiem sovint, amb en Kilian. Sí, som amics.

A la Mar també la veig de tant en tant. El seu pare està empresonat per maltractaments i ella viu amb la seva mare. Ara estan bé. I si la veiéssiu! Bufa! Està molt maca, llàstima que surt amb un noi.

Les petites ja no les he vistes mai més. Sé, però, per la Sole, que la Judit finalment va ser adoptada per aquella família que la va acollir. I de l'Ona, d'ella n'hem perdut la pista.

La mare i la Irene des de llavors que són molt amigues. Sovint, la «bruixa» —un dia li vaig confessar que l'anomenava així— ve a casa o anem a la d'ella. Ara té un xicot, a mi em sembla que és una mica gran per tenir-ne, però la mare em diu que per a l'amor no hi ha edat. No ho sé, potser sí.

El pare... el pare... aquesta és una altra història. Al cap d'uns mesos d'estar ingressat, va sortir del coma, però amb tot el que havia arribat a patir, les seves facultats mentals van quedar molt afectades, més que no ho estaven ja. Ara és en un centre de rehabilitació de malalts mentals. I, no ho sé, almenys se'l veu tranquil.

La mare també el va a veure, ja no està enfadada amb ell. Ella diu que les nostres visites li fan bé.

I deu tenir raó, perquè en la seva mirada, interrogant i llunyana, encara hi podem llegir un guspireig d'il·lusió, sobretot quan li agafem la mà i li diem que l'han vingut a veure la reina Fortuna i el seu fill, el Príncep de les Maresmes.

Altres títols d'aquesta col·lecció

Palestina, simfonia de la Terra, d'Anna Tortajada

El llarg conflicte entre palestins i israelians és el teló de fons d'aquesta novel·la, que ofereix un bri d'esperança per a la superació de les diferències entre dos pobles que han de compartir territori i moltes vicissituds. Amb pinzellades sobre la secular història d'aquest territori, l'autora ens ajuda a comprendre les arrels profundes del conflicte.

I la mort em parlava, de Noemi Bagés

La doctora Olga, vídua del periodista Òscar Dalmau, que es va ofegar en caure al mar durant una travessia amb el seu veler, rep la trucada inesperada d'un notari de Buenos Aires que la cita per a la lectura de les últimes voluntats del senyor Carlos Camacho. Ella i la seva filla, amb la qual manté unes relacions tenses, s'acaben de traslladar a Tarragona. La vida de totes dues es complicarà encara més amb l'aparició d'una banda de narcotraficants. Una història intensa, plena de tensió emocional, que posa de manifest la capacitat de les persones per trobar sentit a la vida, encara que de vegades sembli difícil.

Nàufrag, de Joan de Déu Prats

Als Sungkali, una tribu que viu en una illa del sud-oest asiàtic, els són arrabassades les terres per utilitzar-les com a abocador de les deixalles de les populoses ciutats de Hong-Kong i Singapur. Un grup de joves sungkali decideix recuperar la dignitat del seu poble, i ho aconseguirà gràcies a un jove nàufrag de pell blanca que, sense saber-ho, farà realitat una vella llegenda indígena.

Aventura a les muntanyes dels homes ocell, d'Hermínia Masana

En Marc puja a l'avió que l'ha de dur a Nova York, en un viatge d'estudis que espera amb il·lusió. En ple vol, però, una colla de delinqüents segresta l'aparell i el desvia cap a un país africà. En Marc i quatre passatgers s'escapen i acaben convivint amb una tribu local. A tots plegats els espera una aventura trepidant al cor de la selva, on viuen els misteriosos homes ocell.

Qui sap res del guitarrista?, de Marina Artiga

Què faríeu si a casa vostra, al lloc on viviu, ningú no anés ni a escola ni a l'institut? Com us hauríeu d'organitzar perquè rutllés la vostra educació? Els protagonistes d'aquesta història viuen en una petita comunitat rural, aïllada, i no van a escola: els pares i les mares, els veïns, s'encarreguen de la seva educació. Quan el guitarrista català Toti Soler va a viure a aquell veïnat, crea amb el seu magnetisme una relació ben especial amb els joves protagonistes d'aquesta novel·la.

El tresor del maquis, de Joan Constans i Aubert
La lluita dels pocs combatents antifranquistes, els maquis, que es resisteixen a declarar-se vençuts un cop acabada la guerra civil, està a les acaballes a les muntanyes del nord de Catalunya. En aquest context, un grup de nois s'assabenta de l'existència d'un tresor suposadament abandonat a les coves de l'Alta Garrotxa pels vençuts de la guerra que fugien cap a França. Heroisme i traïcions, por i esperances, en un microcosmos que vol ser la imatge de la societat catalana de postguerra.

Jocs de lluna, de Xavier Vernetta
Dues històries que es complementen i que tenen com a protagonistes els mateixos personatges: l'Albert Jofresa, un noi que viu en un casalot de Calella, i la Cuca Costa, una periodista que investiga una misteriosa banda de traficants d'armes. A través d'un programa de ràdio, l'Albert aconseguirà que es descobreixin la trama de delinqüents i la identitat d'un misteriós «home del Jaguar blanc».

El meu cor es diu Àfrica, de Víctor Mora
En Gerard i el seu equip, especialitzats en el rescat d'avions estavellats, reben l'encàrrec de rescatar un aparell sinistrat que, segons sembla, transporta un valuós equip electrònic, en el qual està interessat també un grup de bandits, una patrulla de l'exèrcit i una noia preocupada per la vida dels animals. La sorpresa està assegurada en aquesta novel·la d'amor i aventures ambientada al bell mig del continent africà.

El malefici de la reina d'Hongria,
de Maria Aurèlia Capmany

Som a les acaballes del segle XVIII. En Macià, el tercer fill del vell Oliver, decideix anar a cercar els germans, Joanet i Martí, que s'havien embarcat feia anys sense fer cas de la vella Ciril·la, quan els havia dit que no anessin al port de la reina d'Hongria, i dels quals no se n'havia sabut res més. Comença d'aquesta manera una aventura d'iniciació, plena de dificultats i situacions insòlites, fins que en Macià troba l'enigmàtica reina d'Hongria i coneix el seu terrible malefici.

El manuscrit de Jules Verne, d'Abel Montagut

El Jean-Claude ha estat assassinat al local d'una ONG d'ajut als immigrants, d'on han robat també el manuscrit d'una novel·la desconeguda de Jules Verne. El Kalu i l'Eladi, que havien conegut el Jean-Claude a Itàlia i tenen experiència com a detectius privats, investiguen aquella mort. Què se n'ha fet del manuscrit de Jules Verne? Quina relació té amb la mort del Jean-Claude? Una novel·la que reflecteix els problemes de la immigració en el context multicultural de l'Europa dels nostres dies.

Si voleu més informació sobre els títols
d'aquesta col·lecció, consulteu el web
d'Editorial Barcanova:

www.barcanova.cat